文春文庫

離れ折紙

黒川博行

文藝春秋

離れ折紙／目次

離れ折紙

唐獅子硝子

1

畠中亮子《はたなかりようこ》から携帯に電話があった。午前十一時すぎ、ベッドの中で寝起きの煙草を吸っていたときだった。

——ごめんなさい。いま、よろしいですか。

——はいはい、どうぞ。お久しぶりですね。

——御無沙汰しておりました。改めてご挨拶もせず、失礼いたしました。

彼女と話すのは畠中典之《のりゆき》の葬式以来だ。あれからほぼ半年が経つ。

——どうされてます。あんな広い邸にお独りでお寂しいことはないですか。

——いえ、昼間は手伝いの方に来てもらってます。これでもけっこう忙しいんですよ。お役所とか銀行とか保険会社とか、たくさんの届や手続きがありまして、このごろやっと一段落したところです。

——娘さんは来られるんですか。

畠中の娘を見たのは通夜のときが初めてだった。齢は五十前後、父親似で若いころはきれいだったろう。孫は確か、ふたりだった。

——それがもう、納骨式に顔を出したきりで、電話もめったに寄越しません。娘は東京に家庭があるといい、長男の大学受験であたふたしてます、と亮子は笑った。

——畠中さんのお孫さんやったら、さぞ難しい学校を受けはるんでしょうね。

——高望みしましてね、東大が第一志望なんです。法学部なんて通るわけないのに。

——へーえ、東大の法学部ですか……。

東大の学部学科は二年生の春から夏ごろに決まるはずだが。

——わたしは京大にすればといったんです。京大だったら、うちから通えるでしょう。

——そら、親元にいるよりは京都に来たほうが羽根を伸ばせますよね。

ばかばかしい。訊かなければよかった。落ちることを切に願った。

——で、ぼくになにか。

——あ、すみません。お願いがありましてお電話しました。澤井《さわい》さん、骨董や美術品にお詳しいですよね。

——そら、ま、その業界で収入を得てますから。

——先月から夫の遺品整理にとりかかっているんです。澤井さんもご存じのように夫は蒐集《しゅうしゅう》狂でしたから、骨董だかガラクタだか分からないものがいっぱいあって、このあいだも牧野洗鱗堂《せんりんどう》さんと蕉琴洞《しょうきんどう》さんに来てもらいました。牧野さんには掛軸を十本ほど、蕉琴洞さんにはお茶碗や茶杓《ちゃしゃく》や水指《みずさし》を三十点くらい引きとってもらったんですが、まだまだたくさん残っていて、それをどうすればいいか、わたしには判断がつきません。……まことに勝手を申しますが、一度、澤井さんに来ていただいて、選別と鑑定をしていただけないかと……。ごめんなさい。ご都合がわるければ、お断りください。

――なるほどね、遺品を整理されてるんですか。

話を聞きながら、いいものは残っていないだろうと思った。徳大寺東町《とくだいじひがしちょう》の牧野洗鱗堂は書や日本画の軸装、額装を専門とする美術表具屋で、いわゆる〝職商人《しょくあきんど》〟として書画の売買や仲介もしている。円福寺前町《えんぷくじまえちょう》の蕉琴洞は裏千家、表千家、武者小路千家に出入りする老舗の茶道具屋だから、目利きにまちがいはない。転売して利益が出ると判断したものだけを、それ相応の値で引き取ったのだ。

――ひとついうときますけど、ぼくに分かるのは工芸品だけですわ。陶磁器、木工、漆、染織。現代作家の工芸品には多少とも詳しいけど、絵と彫刻はからきしです。それでもよかったらお手伝いさせてもらいます。

――ありがとうございます。ほかにお願いできそうなひとを知らないので、ほんとうに助かります。

ほかに頼めるやつがいればそちらに行くのかと気に障ったが、そこは我慢した。畠中は資産家だから謝礼が出る。二十万や三十万の稼ぎにはなるだろう。

――いつ、お宅へ伺いましょ。

――明日の午後はどうでしょうか。

――はい、けっこうです。水曜は授業がありませんから。

水曜だけではない。火曜と金曜も空いている。非常勤の澤井が大学へ行くのは月曜の『現代工芸概説』が二コマ、木曜の『日本陶磁器の流れ』が一コマだけだ。

――じゃ、明日の一時、お宅に迎えにあがります。

――うちの住所、ご存じですよね。

――はい。以前にいただいたお名刺がございます。

亮子は丁寧に礼をいい、電話は切れた。

ベッドの足もとでミルクが動いた。背筋をしならせてあくびをしている。

「ミル、バイトや。明日は金持ちの婆さんの機嫌とって小遣い稼ぎする」

上体を起こしてミルクを抱き寄せた。煙草の臭いが嫌なのか、腕をすり抜けて床に降りる。澤井は部屋を出てキッチンに立ち、コーヒーを淹《い》れた。

十二月八日午後一時――。〝一乗寺　畠中邸に行きます。夕食不要〟とメモを残し、コートをはおって一階に降りた。車寄せに立って畠中亮子を待つ。ほどなくして黒塗りのセダンが入ってきて澤井のそばに停まった。リアシートに亮子が座っている。運転手が車外に出てリアドアを開け、澤井は乗り込んだ。

「ごめんなさい。外は寒かったでしょう」亮子がいう。

「いや、ついさっきまでロビーにおったんです。このとおり、重装備ですわ」

ダッフルコートのトグルを外した。「この車、ハイヤーですか」

「主人がよく乗せていただいた運転手さんです」

亮子がいうと、運転手は小さく一礼し、ハイヤーは走りだした。西高辻町から堀川通に出る。昼間の京都市街は慢性的に渋滞しているから、一乗寺へ行くには車線の多い堀川通を北上するのがいちばん早い。

「澤井さんのマンション、ずいぶん高いんですね」

「そうでもないですよ。築十二年の３ＬＤＫ、相場並みです」

「いえ、家賃じゃなくて、背が高いっていったんです」

「あ、七階建ですわ。うちは六階やし、エレベーターが二基しかないのが不便でね」

「こんなことをいってはなんですけど、結婚はなさらないんですか」

「この薄給の身では相手がおらんでしょ」

あえて〝薄給〟といった。フリーランサーのキュレーターに定収入はないのだが。

「澤井さん、おいくつですか」

「四十三です」あと半月で四十四になる。

「わたしのお茶のお友だちに娘さんがいるんですが、ご紹介しましょうか」

齢は三十八、同志社女子大を出て広告代理店に勤めているという。「ピアノがお上手で、ゴルフとスキーがお好きなスポーツウーマンです」

「そんな多趣味なひとは、ぼくにはもったいないですわ」

首を振った。少しでも興味を示すと、釣り書を持ってくるといいかねない。澤井にルームメイトがいることは誰にも内緒にしているのだ。

「ご主人のコレクションはどういったものが多いんですか」話を変えた。

「やはり、お茶の道具が多かったです。それと、やきもの、ガラス工芸品ですね。染付のお皿やガラスの飾りものがたくさんあります」

「昨日もいいましたけど、古陶磁は不案内です。ガラス器は技法とか作風とか、多少の馴染みがありますけど、目利きはできません」

「やきものとお茶の道具は蕉琴洞さんが見てくれました。あとはそう値の張るものではないと思います。娘の夫がやきもの好きなので、まとめて東京に送るつもりです」

「娘さんのご主人はなにをしてはるんですか」

「商事会社に勤めております。この夏までデュッセルドルフに単身赴任しておりました」

三菱商事か三井物産のような気がした。亡くなった畠中典之は京大出の建築家で京都市役所近くの押小路通に大きな事務所をかまえていた人物だから、ひとり娘を二流の商社マンに嫁がせるようなことはなかったはずだ。

「娘さんのご主人も東大ですか」

「あ、はい。経済学部です」亮子は小さくうなずいた。

「畠中さん、きれいな標準語、喋りはりますね」

「そうでしょうか。わたし、典之と結婚するまで東京におりましたので、いつまで経っても京都弁が使えなくて」

「ええやないですか。無理に染まらんでも」

使えない、ではなく、喋ろうとしないのだ。

「娘は東京でも京都弁でとおしているようです」

「関西弁は抜けませんからね」

嫌味な女やで——。澤井は思った。言葉の端々に見栄がある。一乗寺の豪邸、コレクション多数、亡夫は京都商工会議所常議員を務めた建築家、義理の息子は東大卒の一流商社マンで、その息子は生意気に東大法学部を受験する。世間的にも経済的にもなにひとつ瑕《きず》がないではないか。なのにコレクションの一部を牧野洗鱗堂や蕉琴洞に引き取らせ、なおかつ澤井にまで鑑定を依頼してきたとは、いったいどういう了見だ。金持ちなら金持ちらしく遺品を換金しようなどとはせず、遊び暮らしていればいいものを。

澤井はあらためて亮子を見た。生え際から毛先まで細かくウエーブさせた長めの茶髪。厚いファウンデーションに眉をくっきり細く描き、マスカラが濃い。口紅はローズ系のピンクで、甘ったるい香水の匂いがする。薄手の白のセーターに白のカーディガン、胸元に二連の真珠のネックレスをつけている。左手の薬指に大粒のダイヤ、クロコダイルバンドの腕時計はたぶんパテックだ。

「澤井さん、お昼は食べられました」

「出がけにトーストを一枚食べました」

「わたし、まだなんです。お蕎麦でもごいっしょしませんか」

「いいですね、蕎麦」

「出町柳においしい蕎麦屋さんがあるんです」

正慶庵《しょうけいあん》に寄ってください、と亮子は運転手にいった。

2

左京区一乗寺下り松。小説では宮本武蔵が吉岡一門と果たし合いをしたところだという。その下り松から東へ三百メートルほど坂をあがった詩仙堂近くの山間《やまあい》に畠中の邸はある。築地塀《ついじべい》に見越しの松、軒の深い平屋の南側は池と築山をしつらえた見事な庭だ。敷地は三百坪近いだろう。

どうぞ、こちらです——。亮子に案内され、整然と手入れされた前庭を飛び石伝いに歩いた。水を打たれたばかりだろう、鮮やかな苔の緑が眼に沁みる。亮子が格子戸を引くと、髪をひっつめにした初老の女性が玄関にいた。

「お帰りなさいませ」頭をさげる。

「ただいま帰りました」

そのやりとりで手伝いの女性だと分かった。赤いハイネックセーターにチェック柄のスカート、小柄で亮子より少し若い。六十代だろう。

澤井は南の庭に面した茶室にとおされた。コートを脱ぎ、畳に正座する。

「このお茶室は五年ぶりですかね。洛鷹《らくよう》美術館の河嶋《かわしま》さんと寄せてもらいました」

「河嶋先生には主人の告別式以来、お目にかかっておりませんが、お元気でしょうか」

「河嶋さんはいま、一月からの企画展で忙しいにしてはりますわ」

嵐山、堂ノ前町の洛鷹美術館を設計したのは畠中典之だ。昭和六十三年に竣工、開館し、平成五年から河嶋が館長を勤めている。澤井は毎週土曜日と日曜日、洛鷹美術館で非常勤のキュレーターをしている。

澤井は茶室を見まわした。三畳半向板《むこういた》の小間。天井は煤竹《すすだけ》、壁は藁《わら》の浮き出た苆《すさ》壁、障子窓は小さく、躙口《にじりぐち》の板戸は閉められている。床に掛けられている軸は経典の断簡《だんかん》だ。

失礼します――。声があって、さっきの女性がコーヒーとチョコレートを持ってきた。

茶室にとおしたからといって茶を点《た》てるわけではなかったのだ。

澤井はコーヒーをブラックで飲んだ。煙草を吸いたいが、この邸ではダメだろう。出町柳の蕎麦屋でも吸えなかった。

「静かですね。緑が多いし、空気も澄んでる。買物なんか、どうされてるんですか」

「不便ですよ。車がないと暮らせません」

「車の運転は」

「できません。買物は田中さんにお願いしてます」

「上品そうなひとですね」さっきの手伝いの女性が田中というのだろう。

「惣菜料理がお上手でね、いいひとに来てもらって、うれしく思ってます」

亮子はミルクだけのコーヒーを飲む。澤井は脚が痺《しび》れてきた。正座は十分が限界だ。

「それで、ご主人のコレクションはどちらに……」

「書斎に集めてあります」

「建築家の書斎は初めてです」

壁一面が蔵書で埋まっている部屋を想像した。「じゃ、見せていただきましょうか」

チョコレートをつまみ、コーヒーを飲みほした。

書斎は廊下の突きあたり、邸の東端に位置していた。二十畳ほどの和室に八畳大の緞《だん》通《つう》を敷き、その中央に欅《けやき》の座卓を置いている。雪見障子の向こうは割り竹を張った濡縁《ぬれえん》で、そこから庭に出られるよう大きな沓《くつ》脱《ぬ》ぎ石を配している。

「和室を書斎にしてはるとは思いませんでした」

「主人は商業建築や公共建築が多かったせいか、自宅は徹底して和風にしたかったようです。この家は成見《なるみ》先生に設計していただきました」

成見哲郎《てつろう》──。数寄屋建築の権威で、畠中典之と並ぶ京都建築界の大ボスだった。建築家は自邸の設計を友人に依頼することも多いと聞く。

「書斎といっても、この部屋では手紙を書くくらいで、仕事はしませんでした。いつもパイプを片手にウイスキーを飲みながら、ぼんやり庭を眺めてましたね」

そういいながら、亮子は襖を引いた。そこは六畳の奥の間で、桐の木箱が数十個、並べられていた。木箱は高さ二尺を超える大きなものから掌に乗るほど小さなものがあり、そのほとんどに墨で箱書きがされている。箱なしで置かれたガラス器やランプ、鋳物の彫像も多く、まるで古門前《ふるもんぜん》あたりの骨董屋がそのまま引っ越してきたような様相だった。

「拝見します」

澤井は畳に膝をつき、ガラスの花器を手にとった。胴が丸く首が細くて長い。半透明の地に蔦《つた》を象《かたど》った臙脂《えんじ》と焦げ茶のグラヴュールがなされており、作風は典型的なアールヌーヴォーで、胴の下部のサインを見ると〝Gallé〟とあった。

「これは〝ガレ〟ですね」

「はい、そうです」亮子はそばに座った。

「しかし、ガレは分からんのです。偽物がやたら多いし、本物でもガレ作とガレ工房作があって、その工房作にも第一期とか第二期とか、いろいろ区分けがあるみたいです。ぼくにはまるで分かりません」

正直にいった。「ガレやドームの本物は何百万としますから、専門家に鑑定してもろてください」

「分かりました。どなたか紹介していただけますか」

「古美術商ではないひとがいいんですよね」

「はい、できれば」

「ぼくが行ってる総美大にアールヌーヴォーとアールデコを専門にやってる研究者がいてますから、紹介しますわ」

「すみません。お願いします」膝に両手をあてて、亮子はいった。

次に澤井はブロンズの彫像を手にとった。高さは約五十センチ、アールヌーヴォー風で全体にぬめった艶があり、横座りの裸婦が猫を抱いている。台座には〝Bargie

1〟とサインが彫られていた。

「これはたぶん、バルジィエルですわ」

二十世紀初頭に活躍した彫刻家で、建築家ル・コルビュジェのアトリエに招請され、装飾家具なども制作した人物だといった。「本物なら百万から二百万はすると思います」

バルジィエルは三点あった。どれも裸婦像で大して変わり映えはしない。澤井の好みをいえばおもしろくない作品だった。

澤井は木箱にとりかかった。軸物の書画が十数点。文晁《ぶんちょう》、竹田《ちくでん》、鐵斎《てつさい》、玉堂など大家の作品ばかりだが、それがかえって怪しい。落款《らっかん》、印章も澤井には判定できない。

「この軸物は洗鱗堂さんに見せはったんですか」

「はい、見ていただきました」

「それやったら、ぼくが見てもいっしょですわ」

暗に贋作《がんさく》だろうといった。亮子は黙ってうなずいた。

大きめの木箱にはやきものの壺や皿、漆の椀揃え、蒔絵の文箱、螺鈿《らでん》の硯箱、刳物《くりもの》の菓子皿などがあった。どれも仕事は精緻で意匠も秀逸。蕉琴洞が引き取らなかったのは、茶道具としては売りにくいと判断したからだろう。

木箱をひとつひとつ開けて講釈をしているうちに二時間が経った。まちがったことはいえないから、けっこう疲れる。あくびを嚙みころしている顔を見てとったのか、お茶にしましょう、と亮子はいい、部屋を出ていった。

澤井はコートをはおり、障子を開けて濡縁に出た。割り竹がぎしぎし軋《きし》む。西の空が赤く染まり、鳥の鳴き声が聞こえる。

携帯の灰皿を広げ、煙草を吸いつけた。少し風がある。寒さとニコチンで眠気が飛んだ。

部屋にもどり、コートを脱いで伸びをした。右の肩に痛みが走る。腕が真上にあがらないのだ。河嶋は、五十肩だろうといっていたが。

壁際に置かれたライティングデスクの上にパイプキャビネットがあるのが眼についた。中にブライヤーのパイプが二十本ほど並んでいる。河嶋はパイプ煙草を吸うから、澤井にも多少の知識はある。

キャビネットの扉を開け、パイプをとって刻印を見た。バーリング、チャラタン、ダンヒル、コモイ……、イギリス製の古いパイプばかりだ。河嶋が見たら垂涎《すいぜん》ものだろう。

デスクの棚には胡桃《くるみ》材のヒュミドールがあった。そっと蓋を開ける。コイーバ、ダビドフ、モンテクリスト、パルタガス……、名の知れたプレミアムシガーが数十本入っていた。

足音がした。澤井はデスクを離れ、奥の間にもどった。

お待たせしました――。亮子が桑材の盆に唐津の湯飲み茶碗と和菓子の皿を載せて入ってきた。座って盆を傍らに置き、茶を勧める。

いただきます――。澤井は和菓子を食べ、茶を飲んだ。特上の玉露だ。

「旨いお茶ですね」

「嬉野《うれしの》茶です」

佐賀の生産農家から取り寄せているという。「日本茶はお好きですか」

「好きです。コーヒーや紅茶より」

「じゃ、帰りにお持ちください。余分にありますから」

「ありがとうございます」

きんつばに似た和菓子のほうが気に入ったが、それはいわなかった。


休憩を終え、仕事を再開した。箱書きのない木箱を開けていく。

いちばん大きな箱には磁器の飾り壺が収められていた。形状は胴のくびれた酒瓶風で全体に細かな盛り上げの金彩が施され、唐草様の対の把手《とって》と蓮の実のような蓋がついている。正面の窓に紅白の牡丹が描かれ、台座には〝メープルリーフ〟の裏印があった。

「これはオールドノリタケです」

「日本のものですか」

「ノリタケカンパニーの前身の森村組がアメリカ向けに使用した裏印がメープルリーフです。製造は明治二十年代。メープルリーフにはグリーン、ブルーの二色があって、グリーンは一等生地に絵付けをした製品です」

ここはキュレーターらしく、知っている限りの蘊蓄《うんちく》をたれた。「――オールドノリタケでこれほどの名品を間近に見たのは初めてです。博物館クラスですね」

オークションに出せば二百万円からスタートだろうといったが、亮子の表情に変化はない。この程度のものはほかにもある、といいたげだ。

次の木箱を開けた。陶製のレリーフだ。厚さ約四センチ、大小三枚が布にも包まれず、あいだにポリエチレンシートのエアキャップをはさんで無造作に収められている。

レリーフを出して埃を払った。陶製ではなく、不透明のガラスだ。もとは一枚だったものが三つに割れたらしい。

三枚の断面を合わせて畳の上に置いた。縦一尺三寸、幅二尺五寸ほどか。絵柄は唐獅子、背景はたなびく雲と岩。かなり大きなガラスのレリーフだった。

「パート・ド・ヴェールですね」

「あ、はい……」

「フランス語で〝ガラスの練り粉〟というような意味ですけど、技法的にこの訳語では表現に不備があるので、普通はそのまま〝パート・ド・ヴェール〟と呼んでます」

古くはメソポタミアから始まったガラス製造技法で、ガラス粉に接着剤と色をつけるための金属酸化物を加えて練り、耐火粘土や耐火石膏などの鋳型《いがた》に詰めて型ごと焼成する。徐々に冷ましたあと、鋳型を割って成型されたガラスを取り出す。一般にはガラス粉を使用するが、ガラス片を使う方法もある。十九世紀末、アールヌーヴォーの時代に盛んにこの技法が用いられた――。「要するに、ガラスのやきものですわ。陶器は土を練って焼くけど、パート・ド・ヴェールはガラスの粉を練って焼く。ガラスの粉には粘土のようにそれ自身で形を保つ力がないから、鋳型に詰めて焼くんです。……日本のパート・ド・ヴェールでいちばん古いものは勾玉《まがたま》ですわ」

パート・ド・ヴェールのような鋳型成型法は焼成したあと鋳型を壊さないと中のガラスを取り出せないので効率がわるい。ローマ時代に吹きガラス技法という、もっとも単純な技法で、瞬時にしてガラス容器などを作ることができる方法が発明されたため、パート・ド・ヴェールは廃《すた》れ、アールヌーヴォーの時代に復活した――と澤井は解説したが、亮子はまるで興味がなさそうに、

「唐獅子はフランスではなくて、日本趣味ですね」

「ジャポニスムです。アールヌーヴォーのガラス工芸におけるガレやドーム兄弟といったナンシー派の作家は日本美術とその表現性に強い影響を受けました。浮世絵の北斎、歌麿、広重、日本画の狩野派、四条派、土佐派……。ガレやドームは当時のヨーロッパ

では珍しい松竹梅や菖蒲や羊歯《しだ》、蟹や蛙や蟷螂《かまきり》なんかをモチーフにして斬新なガラス工芸を生み出したんです」

澤井はいい、「このレリーフはたぶん、狩野永徳の唐獅子図をアレンジしたんでしょうね。本物は宮内庁所蔵で、縦七尺、横幅が十五尺ほどもある大きな屏風ですわ」

獅子は白っぽい緑と薄茶色の雌雄の二頭、頭と四肢に巻き毛が生え、胴に鹿子のような斑点模様がついている。背景の雲は金色で、ところどころに見える岩は濃い茶色だ。雲は平面的で彫りが浅く、岩はゴツゴツとして彫りが深い。そこに二頭の獅子が背景から盛りあがるように刻まれている。

「北斎漫画や光琳の花鳥図を取り込んだガラス器は見ましたけど、永徳の唐獅子で、それもパート・ド・ヴェールのレリーフというのは珍しい。三つに割れてるのが惜しいですね」

見たところ、サインや刻印はない。パート・ド・ヴェールの代表的な作家には、デプレ、ダムーズ、デコルシュモン、ルソー、ワルターなどがいるが、これはいったいどういう由来のものなのだろう。

「このガラスは主人が成見先生から新築祝いにいただいて、押小路の事務所に飾ってありました。木の額に入れて、ステンドグラスのように裏から照明をあてていたそうです。それがなにかの折りに壁から落ちて割れてしまったと、主人は残念がってました。捨てるのもなんだから、いつか金接《きんつ》ぎでもしようと思っていたんじゃないでしょうか」

「パート・ド・ヴェールを金接ぎにね……。いつ割れたんですか」

「もう、二十年も前のことです」

「これは重い。十キロ近くはある。落ちるのも無理ないですわ」

三枚の破片を裏返した。裏はゆるやかに波打った平面で、やはりサインや刻印はない。一枚ずつ木箱にもどそうとしたとき、下の側面にチラッと薄いサインが見えた。ちょうど真ん中で左右に割れているが、合わせてみると〝Bernhardt〟と読めた。

ベルナール……？　エミール・ガレが吹きガラス技法によるジャポニスムの作品を制作しはじめた同じころ、パート・ド・ヴェール技法を再現することに心血を注いだドイツ系フランス人の彫刻家だ。ベルナールは色ガラスを粉末にして糊で練り、それを鋳型焼成してガラスのレリーフや立体彫刻を作ろうとしたことから、古代メソポタミアのガラス工人たちと同じ失敗を繰り返し、ようやく独自のパート・ド・ヴェール技法を確立したが、その技法を秘伝として公開しないまま五十代で亡くなったため、一般には普及しなかった。アンリ・ベルナールのパート・ド・ヴェールは幻ともいわれ、美術マーケットでは極めて高い値がつくという。

澤井はなにくわぬ顔でレリーフを木箱に収め、亮子に向き直った。

「金接ぎをしはるんやったら職人を知ってますし、紹介しましょか」

「いえ、いいんです。捨ててもかまわないものですから」

「そしたら、この唐獅子をいただいてもいいですか。建築家成見哲郎と畠中典之先生ゆかりの品として、家に飾りたいと思います」

「はいはい、どうぞ。こんな割れたガラスでよければお持ち帰りください」

亮子はあっさりそういった。気の変わらないうちに澤井は木箱に蓋をし、紐をかけた。

畠中コレクションの鑑定は午後七時すぎに終わった。見るからに出来のわるいものや贋物《がんぶつ》も多くあったが、はっきりそうとはいわず、よいものとよくないものを奥の間の両側に分けて、よいものについては信頼できる古美術商をとおしてオークションに出品するよう伝えた。

「ほんとうに今日はありがとうございました」

亮子は丁寧に頭をさげ、簡単な食事を用意しているといった。

「すみません。帰って明日の授業の下調べをせんといかんのです」澤井は固辞した。

「お忙しいところを長々と、申しわけありませんでした。これは些少ですが」

いって、亮子は封筒を差し出した。

「いえ、お礼はもういただきました。パート・ド・ヴェールの唐獅子を」

澤井は木箱を包んだ風呂敷を傍らに置いている。

「それではわたしの気がすみません。どうぞお収めください」

「ありがとうございます。遠慮なくいただきます」

封筒を受けとり、コートのポケットに入れた。

「澤井さん、煙草を吸われますよね」

「はい、吸います」

「葉巻などは」

「葉巻は縁がないです。パイプ煙草は吸いますけど」

葉巻よりパイプが欲しかった。河嶋がよろこぶ。

澤井の言葉を察したのだろう、亮子はパイプキャビネットからパイプを二本出して持ってきた。

「パイプは古いものが美味しいと聞きました。よかったらお使いください」

「申し訳ないです。なにからなにまで」パイプは風呂敷包みに入れた。

「ハイヤーを呼びましょうね」

「いえ、ぼちぼち歩きます。白川通でタクシー拾いますわ」

早く外に出て煙草を吸いたい。ニコチンが切れている。

澤井は包みを手に提げた。書斎を出る。亮子と手伝いの女性が玄関まで送ってくれた。

3

下京区高辻西洞院《にしのとういん》――。家に帰ると、河嶋はリビングのソファにもたれて写真集を広げていた。河嶋の専門は仏教美術で、仏像に造詣が深い。特に定朝《じょうちょう》様式の仏像研究では関西の第一人者とされている。

「今日は畠中さんとこに行ったんやて？」河嶋は顔をあげた。

「よめさんが遺品整理をしてて、その手伝いに呼ばれた」

澤井は風呂敷包みをテーブルに置き、ソファに腰をおろした。

「畠中のよめさん、旦那と齢が離れてたな」

「七十すぎとちがうかな。畠中典之は八十二、三で死んだし」

「あのよめさんの親父は京都帝大卒で逓信省の建築技官やった。その関係で娘を京大出の建築家に嫁《や》ったらしい」

「なるほどな。それで典之は大きな仕事をとれたわけか」

「どこの世界も門閥、閨閥《けいばつ》や。多少の才能は必要やけどな」

河嶋は写真集を閉じて、「それは……」と、風呂敷包みに眼をやった。

「土産をもろた。あんたにはパイプ、おれはパート・ド・ヴェールや」

礼金の十万円についてはいわず、包みをほどいた。木箱の上のパイプを河嶋に渡す。

河嶋は眼鏡を度の強いものに換え、パイプの刻印に眼をこらした。

「ダンヒルのデッドルート、Hやな。製造は一九四八年。パテント期の名品や」

河嶋はもう一本の刻印を見て、「バーリングのギニーグレイン。これも四〇年代か」

「刻印だけでそこまで分かるか」澤井は煙草をくわえた。

「ダンヒルは当時の値段で二、三十万。バーリングは二十万。さすがに名のある建築家は吸うパイプがちがう。おおきに、ありがとう」

河嶋はさも満足そうに笑って、後ろのサイドボードから陶製のタバコジャーを出した。ダンヒルに葉を詰めて火をつける。澤井も煙草を吸いつけた。

「旨い。最上のオイルキュアリングや」

河嶋がなにをいってるのか分からない。訊けば講釈をたれるので無視した。

澤井は木箱の蓋をとってレリーフを出した。三枚の断面をつけてテーブルに並べる。ところどころに隙間があるのは、その部分のガラスが欠損しているためだ。

「唐獅子やな、永徳の」ぽつり、河嶋はいった。

「下の側面にベルナールのサインが入ってる」

「アンリ・ベルナールか」

アールヌーヴォーは河嶋の専門外だが、知識はある。それも、澤井と同等の。

「ひとつ疑問があるんや」

澤井はつづけた。「このレリーフが本物やとしたら、アールヌーヴォーの時代に、ベルナールはどこで永徳の唐獅子図屏風を見たんや。……明治期の日本に美術品を撮影する写真師なんかいてへんし、もちろんベルナールが来日したというような記録はない。そもそも唐獅子図屏風は皇室に献納される前は毛利家にあったはずや」

「ということは、このパート・ド・ヴェールは偽物か」

河嶋はパイプのけむりを眼で追いながら、「ベルナールがもし唐獅子図屏風を見たとしたら、それは画帖や。富嶽百景、光琳百図、花鳥図会、和漢名画苑、観古帖、名物障壁画撰……夥《おびただ》しい数の画帖が明治の日本からフランスに渡ってる。おれは若いころ、パリの骨董街で光琳の燕子花《かきつばた》図屏風を模した飾りガラスを見たことがある」

「それ、技法は」

「パート・ド・ヴェールやったな」

「作者は」

「知らん。確かめる気もなかった」

「光琳の燕子花図な……」

いかにも胡散臭《うさんくさ》い。このレリーフはやはり、ベルナールのサインを入れた贋物なのか。

「しかし、この唐獅子はそうとうに出来がええ。ディテールも彩色も申し分ない」

河嶋は眼鏡を押しあげ、顔を近づけた。「原型は粘土造やない。蜜蠟《みつろう》やな」

蠟板を湯煎して全体を柔らかくし、蠟を切ったり盛ったりして唐獅子と背景を形作っていく。蠟が冷めたらまた湯煎をし、それを何度も繰り返して仕上げをする。原型は耐火石膏で鋳型をとり、そこに何十色もの練ったガラス粉を詰めて焼成する。焼成時間が短ければガラス粉が熔解せず、長すぎれば流れて色が混じってしまう。よほど熟達した職人でなければ、これほど大きいレリーフは制作できない、と河嶋はつぶやくようにいった。

「ベルナールも蜜蠟で原型を作ったんかな」澤井は訊いた。

「さぁな……。蠟原型は扱いがむずかしいけど、きれいな細工ができる」

河嶋は唐獅子の巻き毛を指でなぞった。「地肌もなめらかや」

「これがもし、本物のベルナールやったら、いくらぐらいかな」

「よう分からんけど、二百万や三百万はするやろ。完品やったら千五百万……、いや二千万は行くかもしれん。ベルナールはなにせ、数がない」

「津和野の白幡《しらはた》ミュージアムに何点かあったな」

アールヌーヴォーのガラス工芸品を多く展示している美術館だ。

「津和野に行ってみるんか」

「行くわけない。行って本物とちごうたらがっかりする」

「畠中の家にはもっとええもんがあったやろ」

「これは逸品ですから、お土産にくださいといえるか。こうして三つに割れてるからもらえたんや」

河嶋には感謝の念がない。澤井が持ち帰ったヴィンテージのパイプを、いま眼の前で吸っているというのに。

「圭《けい》ちゃん、厨子《ずし》を見たか」

ひとつ間をおいて河嶋はいった。「高さ一尺二寸、幅一尺ほどの朱漆《しゆうるし》の厨子や。時代は平安末期から鎌倉で、中に金銅の釈迦誕生仏が納めてある」

「厨子は見んかったな」蕉琴洞が引き取ったのかもしれない。

「伝慈明寺《でんじみようじ》釈迦誕生仏《しやかたんじようぶつ》厨子。戦前に久我子爵家の売り立てで出たという正真正銘の名品や。バブルのころ、おれが目利きをして畠中に勧めた」

畠中典之は仏教美術品を買うとき、河嶋の意見を求めることが多かったという。

「その厨子、いくらやった」

「二千三百万。いまでも一千万はくだらんやろ」

畠中の骨董蒐集は資産隠しでもあったから、これといった名品には金を惜しまなかった、と河嶋はいった。

「畠中の稼ぎっぷり、すごかったんやな」

「ビルをひとつ設計したら億の収入や。我々一般人とは桁がちがう」

「あんた、一般人やない。美術館の館長は文化人や」

そう、洛鷹美術館の館長は高等遊民だ。オーナーは伏見の緋鷹《ひだか》酒造の七代目だが、先代とちがって美術品にはほとんど興味がなく、運営は河嶋に任せっきりにしている。河嶋は週に三日ほど、昼前に館に来て絨毯敷きの館長室に閉じこもり、パソコンをいじったり昼寝をしたりして、夕方には帰っていく。収蔵品の管理や春と秋の定期展は学芸部長以下五人のキュレーターが担当し、河嶋は報告を受けるだけだ。それで年収一千万円をもらっていれば高等遊民としかいいようがないだろう。

しかしながら、洛鷹美術館に澤井を誘ってくれたのは河嶋だ。非常勤のキュレーターだが年ごとに契約を更新するようなことはなく、週に二日——土曜、日曜が多い——の勤務で月収は手取りで十七万円以上ある。畠中亮子にこのマンションは賃貸だといったが、ほんとうは分譲で、所有者は河嶋だ。もちろん、澤井は家賃など払ってはいないし、食費も光熱費もすべて河嶋持ちだ。ふたりがいっしょに住んでいることは世間に知られたくないので、河嶋の名刺は洛鷹美術館、澤井の名刺にはこのマンションと携帯の番号を刷っている。

「コーヒー、淹れるか」話に厭《あ》きたのか、河嶋は空あくびをした。

「いいや、おれはいらん」

「そうか……」

河嶋はパイプを置いて立ちあがった。風呂に入るらしい。

澤井も立って自分の部屋へ行き、書棚から『世界のガラス工芸　アールヌーヴォー』を抜いてリビングにもどった。大冊を繰って〝パート・ド・ヴェール――アンリ・ベルナール〟の項を広げる。そこにはベルナールの装飾壺のサインを撮った拡大写真があった。

同じや。寸分ちがわん――。筆記体の〝Bernhardt〟は〝B〟に癖があり、書き出しが跳ねてヒゲのように見える。〝t〟もそうだ。

本物か――。河嶋のいった値が頭をよぎる。完品なら二千万……。

畠中亮子はこの唐獅子がベルナールとは知らなかった。ということは、畠中典之もそうと知らなかったか、本物だとは考えていなかったのかもしれない。

成見哲郎ともあろう大物建築家が同じ建築家の畠中典之に偽物を贈ったりするか――。ふたりがどういう仲だったかは分からないが、しかし、いくらなんでもベルナールは値が張りすぎる。ベルナールはガレのように工房を組織していなかったから、〝ベルナール工房作〟というような、同じデザインの複数の作品は存在しない。

この唐獅子は後代の職人が制作したベルナール写しのパート・ド・ヴェールにちがいない――。澤井はそう結論づけた。写しでも売れば十万や二十万にはなるかもしれない。

「明日、大阪へ行くか……」

独りごちて、レリーフを木箱にもどした。紐をかけてソファの脇に置く。バスルームから河嶋の鼻唄が聞こえた。

4

レジュメを棒読みし、スライドで時間をつぶす講義を終えて、澤井は大学を出た。京阪七条駅から特急に乗り、車内でサンドイッチと缶コーヒーの昼食をとる。淀屋橋駅に着いたのは二時すぎだった。

淀屋橋から地下鉄で本町、中央大通沿いの『日晋ギャラリー』へ歩いた。赤い煉瓦タイル張りのビルの一、二階がギャラリー、三階が倉庫、四階から六階は日野《ひの》というオーナーの住居だ。日晋ギャラリーは東京青山にも支店を出し、主に西洋アンティークを扱っている。

舗道から少し奥まった石段をあがり、緑青色のブロンズ扉を押してギャラリーに入ると、栗田《くりた》は応接コーナーで客と談笑していた。栗田は大学の同期で陶芸を専攻し、卒業後はヨーロッパへ行ってマヨリカとデルフト陶器を勉強した。帰国して日晋ギャラリーに勤めはじめたのは、澤井が四条河原町の『リノシエ』にいたころだから、もう十五年が経つ。栗田はアールヌーヴォー、アールデコの陶磁器、ガラス工芸に関して、澤井など及びもつかないほどの知識と鑑定眼をもっている。

客が立ち、栗田は見送りをしてもどってきた。黒いダブルのスーツに黒のシャツ、ダークグレーのネクタイ、縁なしの眼鏡をかけている。

「どうした、今日は」

栗田は澤井が提げている風呂敷包みに眼をやった。

「ちょっと見て欲しいんや。もしええもんやったら引き取ってくれるか」

「ま、座れや」

いわれて、澤井はソファに腰をおろした。煙草を吸いたいが、テーブルに灰皿はない。澤井は風呂敷包みを解き、箱の蓋をとって三枚のパート・ド・ヴェールを出した。栗田は腕を組み、しばらくじっと見ていたが、

「ベルナールやな」小さく、いった。

「なんで分かるんや」

栗田の位置からサインは見えるだろうが、一瞥しただけだ。

「作風や。モデルにした作品の色をこれだけ忠実に再現できるのはベルナールしかおらん。ベルナールは晩年、日本の屏風や絵巻物をテーマにして飾り皿やレリーフを制作してた。宗達の松島図屏風とか源氏物語絵巻とか、七、八点は残ってるんとちがうかな」

「ベルナールはどこで見たんや。モデルにした作品を」

「源氏物語絵巻は複製やろ。この唐獅子は画帖や。松島図は明治の後半に流出してフリーア美術館蔵になったから、ワシントンで実物を見たかもしれん」

アンリ・ベルナールはボストンに銀行家のパトロンがおり、たびたびアメリカに招かれたという。

「なるほどな。時代的には合うてるわけや」

「これはどこから出た」

「京都の某コレクターの遺品や」

「それを、なんで澤井が……」

「換金してくれと頼まれた。値はおれに一任ということでな」

「八十万やな」低く、栗田はいった。

「先方は、これがベルナールやと知ってる。いくらなんでも八十万では売らんわ」

栗田の付け値に驚いたが、顔には出さなかった。

「元々、このレリーフはベルナールのサインが入ったブロンズの額に入れて飾られてたはずや。額には脚がついてて自立する。その額もない瑕もののガラスに八十万という値付けは破格なんやで」

「修復したらええやないか。接着剤でひっつけて、欠けたとこはガラスで埋めて」

「そんな客を騙すようなことはできん。裏から鎹《かすがい》で接合したあと、金接ぎするんや」

「ほな、先方にそういうわ。金接ぎしてから換金してくださいと」

「おまえも無茶いうな。友だちやろ」

「おれはどっちの側でもない。向こうの納得する値で換金したいだけや」

「九十万。精一杯や」

「あかんな。それでは向こうが、ウンといわん」

「いくらやったらウンというんや」

「少なくとも百万。おれの顔も立つ」

あくまでも自分は代理人だというふりをした。栗田は笑って、

「分かった。澤井の顔を立てよ」

「金はいま、もらえるんか」

「ああ、用意する」栗田はうなずいた。

「これがもし、完品やったら、どれくらいになるんや」

「オークションで一千万ぐらいからスタートかな。千五百万にとどくかもしれん」

ベルナールはガレやドームより評価額が高いが、ランプや花器に比べてレリーフは人気がない。それでも、これほどの大きい作品は珍しいから競り値はあがるだろう、と栗田はいった。

「最近、オークションはどうなんや」

「低調やな。参加者が減って入札流れも多い。名品が動くのは東京だけや。うちは青山の店で保《も》ってる」

「青山は日野の娘婿がやってるそうやな」

「あいつはやり手や。客に取り入るのが上手い。眼は利かんけどな」

栗田はいっとき、日野の娘とつきあっていた。婿をわるくいうのはそのせいだろう。

「おまえ、名刺持ってるな。裏に受取と金額を書いといてくれ」

栗田はスーツの内ポケットから万年筆を出して澤井に渡し、別室へ行った。澤井は名刺の裏に《受領証　￥一、〇〇〇、〇〇〇——。　唐獅子図パート・ド・ヴェール売却代金として》と書き、日付を入れようとして、ふと手をとめた。

たった百万でええんか——。たとえ三つに割れているとはいえ、本物のアンリ・ベルナールが、幻ともいわれるアンリ・ベルナールが百万円というのは足もとを見られている。栗田は唐獅子を金接ぎして三百万、いや、もっと高く売る肚《はら》だ。なにも焦って売ることはない。修復はいつでもできる。完品なら千五百万やないか——。

澤井は名刺を破った。丸めてダッフルコートのポケットに入れる。そこへ栗田がもどってきた。茶封筒をテーブルに置き、

「百万円。確かめてくれ」と、ソファに座った。

「すまん。このことはなしにしてくれ」

「どういうことや」

「やっぱり、おれの一存で換金はできん。先方に話をして承諾を得なあかん」

「さっきはおまえ、任されてるというたやないか。出金伝票も切ったんやで」

「いや、百万では無理や。わるいな」レリーフを箱にもどす。

「待て。百二十万までは出せる」

栗田はひきとめた。澤井は箱に紐をかけ、風呂敷に包む。

「先方にいうて、百二十万でもええとなったら、また来るわ」

パート・ド・ヴェールを持ち込んだことは口外しないよう栗田にいい、コートを着た。包みを手にして日晋ギャラリーをあとにした。

5

金曜日——。澤井は河嶋の車を借りて向日市《むこう》へ行った。『後藤美術工芸』はJR向日町操車場の近くにあり、番頭の永浜《ながはま》には昼すぎに行くと伝えている。永浜は腕のいい鋳物師でもあり、これまでも何度かブロンズ鋳造を頼んだことがあった。

駐車場に車を駐め、事務所のドアを引いた。眼鏡の女性が顔をあげる。

「澤井といいます。永浜さんは」

「お聞きしてます。すぐ呼びます」

女性はデスクの電話をとり、澤井の名をいった。

永浜は砂型工場から出てきた。グレーの作業服にグレーの帽子、無精髭もグレーだ。

「そんなとこに立ってんと、中に入っててくださいな」にこやかにいい、軍手をとる。

「永浜さんに見て欲しいもんがありますねん」

「なんです」

「ガラスのレリーフです」

澤井は車のドアを開け、助手席から風呂敷包みをおろした。

「えらい重そうですな」

「十キロ近くはありそうです」

「そら、重いわ」

永浜はドアを引き、澤井を案内して応接室に入った。ブロンズの裸婦像が一体、窓際に立っているだけの殺風景な部屋だ。

「拝見しましょ」ソファに浅く腰かけて、永浜はいった。

澤井は〝唐獅子〟を出してテーブルに置いた。

「割れてますな」

永浜は作風や制作者にはまるで興味がなさそうだ。

「ブロンズの額を作ってもろて、このレリーフを飾りたいんです」

「三枚の破片を額でつなげるわけですか」

「そういうことです」

「それやったら、断面がコの字のフレームで、二十キロの重みを支えるような額にせんとあきませんな」

「お願いできますか」

「鋳込《いこ》みはむずかしいことないけど、装飾はどないしましょ」

「アールヌーヴォー風で、自立するように脚をつけて欲しいんです」

「和柄の唐獅子にアールヌーヴォーの額は似合わんのとちがいますか」

「ジャポニスムで行きたいんです」

「ジャポニスムね……」

永浜は首をひねったが、「作らせてもらいますわ」と、うなずいた。

「予算はどれくらいですかね」

「装飾は簡単なもんでよろしいか」

「いや、アールヌーヴォーらしく花や蔦で飾りたててください」

「腕の立つ原型師に頼みますわ。予算は六十ほど見てくれますか」

六十万──。澤井が考えていたのは、その半額だったが……、

「けっこうです。それでお願いします」鷹揚《おうよう》にいった。

「ブロンズの色はどないします」

「黒っぽい茶色で、艶と時代をつけてください」

「緑青《ろくしょう》は」

「要りません」

「額のラフスケッチができたら連絡しますわ」

永浜は作業服のポケットからスケールを出し、レリーフを採寸した。


向日町から沓掛《くつかけ》へ走った。京都外大グラウンド近くの小学校跡地に彫刻や工芸作家の工房が集まっており、北原弘之《きたはらひろゆき》はそこでパート・ド・ヴェール作品を制作している。鉄骨スレート葺き、資材倉庫のような工房前に車を駐めた。建物のまわりは雑草だらけの空き地で、裏手に赤錆びた鉄棒が見える。小学校だったころの遺物だろうか。

風呂敷包みを提げ、半開きのシャッターをくぐって工房に入った。天井の高いモルタル床の空間はひんやりしている。北原は石油ストーブのそばで石膏雌型《めすがた》に練りガラスを詰めていた。

「こんちは。ご無沙汰です」頭をさげた。

「ほんまにご無沙汰やな。何年ぶりや」

北原は制作の手をとめた。「ま、座りぃな」

澤井は布張りのソファに腰をおろした。寒いからコートは脱がない。

「コーヒーでええか。インスタントやけど」

北原はストーブにかけていた薬罐《やかん》をとって流し台の前に立った。琺瑯《ほうろう》のカップに粉を入れ、薬罐の湯を注ぐ。湯気がたちのぼった。

「砂糖、ミルクは」

「すんません。ミルクだけで」

「ミルクがないんや」

「ほな、ブラックで」ないのなら訊くな。

澤井は工房内を見まわした。電気窯が一基と作業台が三基、半製品を並べた木製の棚と数十個の鋳型を積んだスチール棚、ガラスを砕くポットミル、粘土用の土練機……。パート・ド・ヴェールは吹きガラスとちがって大規模な窯や設備を必要としないから、工房はこぢんまりしている。

北原は両手にカップを持ってきてソファに座った。

「いただきます」

澤井はブラックをひとすすりした。そうとうに不味い。「煙草、よろしいか」

「勝手に吸わんかいな。わしもくれるか」

澤井はパッケージを差し出した。北原は一本抜いて火をつけた。

「あんた、一日に何本ほど吸うんや」

「一箱ですかね。飲みに行ったりしたら二箱ですけど」

「わしは禁煙した。百円も値上がりしたときにな」

「いま、吸うてるやないですか」

「もらい煙草は吸うことにしてるんや」

「それやったら、これ、どうぞ。四、五本、減ってますけど」パッケージごと進呈した。

北原とのつきあいは、かれこれ二十年になる。澤井が京都芸大の工芸デザイン科を出て『リノシエ』に勤めたとき、初めて扱ったのが北原の作品だった。そのころ京都にパート・ド・ヴェールの作家は数人しかおらず、北原は亀岡の吹きガラス工房で職人をしながら、小さな花瓶やオブジェを制作していた。

「で、わしになんの頼みがあるんや」北原は天井に向かってけむりを吐いた。

「修復をしてもらいたいんです。パート・ド・ヴェールの」

澤井は木箱から唐獅子を出した。三枚の破片を円テーブルに並べる。

「なんと、変わったレリーフやな」

北原は足もとのバケツに煙草の灰を落とした。「どこ製や」

「たぶん、フランスです」

「作者は」

「アンリ・ベルナール」

「冗談いうな」

「正確には、ベルナールの模造品です」

「偽物かいな。それにしてはようできてる」

「北原さんもそう思いますか」

「わしはこれでもパート・ド・ヴェールのプロやで。絵柄はともかく、出来のよしあしは一目で分かるがな」

北原は下の側面、ベルナールのサインを見る。

「これ、古門前の骨董屋で手に入れたんやけど、修復してブロンズ額に収めたいんです」

「そんなあほなこと、せんほうがええで。このレリーフに合わせて特注の額を作らないかんやないか」

「実はいま、後藤美術工芸に寄って、額を注文してきたんです」

「もの好きやな、あんたも」

「この三枚を接合して、隙間を埋めて欲しいんですわ」

「金接ぎかいな」

「いや、ガラスで修復したいんです」

「ちょっと待ちぃな。割れた隙間にガラス粉を埋めて焼成せいというんか」

北原は呆れたように肩をすくめた。「そんなことできるわけない。ガラスは接着剤やないんやで」

「レリーフの自重を支えるのはブロンズの額ですわ。北原さんにお願いしたいのは、割れた部分を鎹《かすがい》でとめて、あとは表と裏からガラスで隠してもらいたいんです」

「ガラスは透ける。修復痕を隠すことはできん」

「おれは金接ぎなんかしたくないんです。パート・ド・ヴェールはパート・ド・ヴェールらしく、練りガラスで修復したいんです。それだけの腕をもってるのは、数多《あまた》いるガラス作家の中で北原さんだけですわ」

熱弁やな――。いいながら思った。おれは口が上手い。

「あんたがそこまでいうんやったら、やってみんこともないけどな」

北原は煙草をバケツに放って考え込んだ。「――まず、断面のそばに穴をあけて鎹どめをする。鎹はできるだけ深く埋めるんや。……そのあと断面を薬剤で洗浄して、ガラスが馴染みやすいようにしよ。ガラス粉は融点の低い七百度くらいのをきっちり色合わせをして使う。そいつを隙間に詰めて、バーナーで焼成する。ガラス粉は融けたら嵩《かさ》が減るから、多めに詰めとく。そうして、仕上げは磨きをかけながら、腐蝕液で時代をつける……」

北原は独りごちるようにいい、「こんなもんでどないや」と顔をあげた。

「ありがとうございます。手法はお任せします。ただし、下の側面のサインは手をつけずに、そのまま残しておいてください」

修復が完璧なときは——さすがにそれは無理なようだが——完品に近い良品で売ればいい。修復痕が目立つときは〝漆の金接ぎではなくパート・ド・ヴェールで接いだベルナール〟で売るのだ。アールヌーヴォー風のブロンズ額に収めているのだから、それだけでも値打ちはある。いずれにせよ、あとの売り方は修復の出来如何だろう。

「ブロンズ額ができ次第、持ってきますわ」

額にレリーフを収めて固定してから修復するよう、澤井は頼んだ。北原はうなずいて、また煙草を吸いつける。

「いま、なにを制作してはるんですか」作業台の石膏雌型を見た。

「水指や。春の創華展に出す」

北原は創華工芸会の正会員であり、ここ二、三年は審査員をしている。創華工芸会は日展系の団体だが、名の知れた作家は所属していない。

「あんたはどうなんや、仕事は」

「天地鏡明会から洛鷹美術館に企画展の依頼があって、いまはその準備をしてます」

いいながら、レリーフを箱にもどす。

「企画展は依頼されてするもんやないやろ」

「教祖のコレクションをちゃんとした美術館で見せびらかしたいんです。天地鏡明会から企画料として四百万円もろてますねん」

「新興宗教いうのは金が余っとんのやな」

「そのコレクションいうのが贋物だらけでね、頭が痛いですわ」

箱に紐をかけ、風呂敷に包んだ。

「教祖はなにを蒐集してるんや」

「桃山から幕末の書画です」

「そら、あかん。ほんまに贋物だらけや」さもおかしそうに北原は笑った。

「じゃ、失礼します」

腰を浮かした。「よい、お年を」

「なんや、年内は来んのかいな」

「額ができるのは来年ですわ」

包みを持って工房を出た。

6

年明け——。ブロンズ額は二十八日に完成し、澤井は唐獅子を後藤美術工芸に持ち込んだ。額の裏蓋を外し、唐獅子を嵌《は》め込んでみると、ぴったり固定されてビクともしない。ノウゼンカズラに蝶をあしらった装飾も見事で、出来ばえには充分満足した。北原も額に収まった唐獅子を見て、修復のしがいがあるといった。

そうして、半月——。二月十六日に北原から電話があった。修復が終わったという。澤井は工房へ行った。修復は北原がいっていたとおり完璧になされていたが、仔細に観察すると、縦に二本、光沢のちがう線が浮かんで見えた。欠けを埋めた部分は微妙に色が異なっている。その時点で、アンリ・ベルナールの唐獅子を完品で売ることは諦めた。北原は修復料として十五万円を要求し、澤井は支払った。

二月十八日——。唐獅子の額を毛布で包み、車のトランクに積んで神戸へ行った。三宮・播磨町の『村居《むらい》美術店』は大阪の日晋ギャラリーと並ぶ西洋アンティークの老舗だ。

車を地階パーキングに駐め、二十キロあまりの額を抱えて階段をあがった。一階ギャラリーに入り、額を床に置く。受付の女性がそばに来た。

「すみません。パート・ド・ヴェールです。ガラスに詳しい方に見ていただきたいんですが……」

名刺を差し出した。身分を明かしたくはないが、話はしやすいだろう。肩書は〝洛鷹美術館　学芸員〟だ。

女性は名刺を手に奥の別室に行き、ダークグレーのスーツを着た初老の男を連れてきた。

「村居です」

男は一礼した。年格好からみて〝村居〟の二代目だろう。「パート・ド・ヴェールとお聞きしました。拝見いたします」

澤井は二階の応接室に通された。スエードのソファに腰をおろす。広い部屋だ。真っ白の漆喰《しっくい》にチークの腰壁、厚い臙脂色のカーペット、精緻な花柄のセンターラグ、エマイユ彩のフロアスタンド、ウォールナットのサイドボード。シンプルだが、どれも贅を尽くしている。

澤井は額を傍らに置き、包みを開いた。村居はしばらくじっと眺めていたが感想は口にせず、

「ベルナールですか」静かにいった。

「そうです」

澤井はうなずいた。「できたら、引き取っていただきたいんです」

「失礼ですが、出は」

「京都の旧家です。遺品整理を依頼されました」

「装飾額は〝今出来《いまでき》〟ですね」

「近年、このレリーフに合わせて作ったそうです」

「直しが二カ所ありますね」

「わたしの見立てでは、戦前にフランス国内で修復されたと思いますが」

「なるほど……」

村居は是非をいわず、「そちらさまの心積もりは」

「五百万円です。先方の希望額は」

村居は口もとで嗤《わら》った。ふっかけすぎたか。

「ベルナールのサインはございますか」

「もちろん」

澤井は立ってポケットからドライバーを出した。額裏の八カ所の真鍮《しんちゅう》ネジを外して裏蓋をとる。脚もとって慎重にテーブルに置き、少しずつこじりながら持ちあげると、額は外れた。

「どこですか、サインは」

「下ですわ。側面にあるでしょ」

「読めませんね」

「なんですて……」

村居の脇にまわった。ない。サインが消えている。……というよりは、サインがあったはずの割れていた部分が溶けて流れたようになっていた。

「確かに、ここにサインがあったんです。〝Bernhardt〟と」

「おっしゃることは分かります」

狼狽する澤井を抑えるように村居はいった。「この作品はベルナールにちがいないと思います。しかしながら、わたしどもはサインのないベルナールをベルナール作としてお客さまにお勧めすることはできません」

「………」膝が震えた。ソファに倒れ込む。

「サインはございませんが、アールヌーヴォーの逸品としてお引き取りすることはできます」村居はつづけた。

「いくらですか」

「四十万円でいかがでしょうか」

「そんな、あほな……」

額代にもならない。北原には十五万円の修復費を払ったのだ。「──先方は百万というてるんです」
「ご希望には添いかねます」
「せめて、八十万は……」
「ごめんなさい。これ以上の値付はいたしません」
慇懃無礼、村居はソファに片肘をついた。いくら粘っても無駄だと、澤井は悟った。
なにも、こんな腐った店で売ることはない。東京で売ったらええんや――。
駐車場から車を出して路上に停めた。北原に電話をする。すぐにつながった。
――澤井です。サインが消えてるやないですか。
――なんのこっちゃ。
――ベルナールのサインです。溶けてますわ。
――ああ、それやったら腐蝕液が流れたんかな。流れて額にたまったんかもしれん。
――いったい、なにを使《つこ》たんです。
――いちいち訊かんでも知ってるやろ。フッ化水素酸の希釈液や。
――サインには触るなというたやないですか。
――触ってへんがな。あんなたいそうな額をつけてるから、液がたまったんやろ。
――サインが溶けたら、なんの値打ちもない。そんな簡単なことが分からんのですか。

——うるさい。ごちゃごちゃいうな。たった十五万で。

——居直るんですか。

——やかましい。

電話は切れた。澤井は携帯をシートに叩きつけた。

天地鏡明会の教祖はアールヌーヴォーが好きだろうか——。

離れ折紙

1

定例会が終わって帰り支度をしているところへ徳山《とくやま》が来た。ちょっとよろしいか、と小さくいう。

「なんです……」コートをはおりながら、伊地知《いじち》は応じた。

「いや、折入って話がありますんや」徳山は言葉を濁す。

「ここで聞けんのですか」

「わるいな。あんまり大きな声ではいえん話なんですわ」

花見小路へつきあって欲しい、と遠慮がちにいう。徳山とは親しい仲ではないが、同じ骨董仲間にそう邪険な顔もできない。徳山は『木二《もくに》会《かい》』の世話役だ。

「じゃ、つきあいます。遅うまでは無理やけど」

酒は嫌いではない。祇園界隈で飲むのも久しぶりだ。

徳山とふたり、国道まで歩いてタクシーに乗った。午後八時すぎ。この時間帯なら渋滞はないだろう。花見小路まで二十分あまりか。

「――高橋《たかはし》の爺さんが持ってきた萩の茶碗、あれは今出来ですやろ」

シートにもたれて、徳山はいった。「わしの見るとこ、あの茶碗は時代がなかった。割高台《わりこうだい》がいまいちやし、土色に味がない。本物はもっと無骨に見えて微妙に柔らかい風格が感じられるもんでしょ」

「確かに、全体の景色がようなかったですね」

「おたくもそう思いましたか」

徳山は笑った。「けど、得意気な爺さんを前にして、これはいけませんね、とは誰もようていませんわな。爺さんはたぶん、あの茶碗に五十万は出してますわ」

「中村さんの鐵斎《てっさい》はどうでした」

「あれもあきませんな。水墨はなにせ、むずかしい。鐵斎の掛軸が十本あったら九本は贋物《がんぶつ》ですやろ」

徳山は今日の定例会で見た七点の骨董品を論評していく。〝木二会〟というのは毎月第二木曜の夕方、山科八ノ坪の滝井《たきい》邸に会員が集まり、持ち寄った骨董品を鑑賞しながら食事をするのが由来で、会員は十六人。それぞれ、やきもの、書画、彫刻、仏教美術、武具など好きな分野があり、蒐集したものを披露する。主催者の滝井は大証二部上場、滝井建設のオーナー社長で阪急烏丸《からすま》駅前に自社ビルをかまえる実業家であり、木二会の十六人は全員が京都ロイヤルズクラブの会員でもある。伊地知は六年前、滝井に誘われて木二会に参加した。

「――で、さっきの話というのはなんです」

徳山の論評が終わるのを待って、訊いた。徳山は少し間をおいて、

「頼みごとです」と、短くいった。

「頼みごと……」

「込み入ってますねん。あとで話しますわ」

運転手の耳を気にしたのか、徳山は口をつぐんだ。


四条通、一力亭の近くでタクシーを降りた。信号を渡り、花見小路通を北へあがる。

「――伊地知さん、菊池《きくち》を知ってますやろ」

歩きながら、徳山はいった。「菊池観哉堂《かんさいどう》の」

「ああ、いつやったか、定例会にゲストで来ましたね。あたりの柔らかいひとでした」

古美術商の菊池は三条京阪駅の近く、新堺町通に店を出している。一度、のぞいてくださいといわれたが、行ったことはない。

「菊池に借金がありますんや」

独りごちるように徳山はつづける。「その期限が迫ってる。……今月末、あと半月し

かない。返済せんことには、カタに入れた刀をとられてしまう。孝相《たかすけ》だけは流すわけにいかんのです」

「孝相……。杉孝相ですか」

「孝相、顕吉《けんきち》、初代清光《きよみつ》、三代信國、助政。太刀一振と刀四口、菊池に預けてますんや」

日本刀の本数をいうとき、太刀は〝振〟、刀は〝口〟と呼ぶ。太刀は刃を下にして腰に佩《は》く（吊るす）もの、刀は刃を上にして腰帯に差すものとされている。

「どれも名のとおった刀ばっかりやないですか。古刀が三本に新刀が二本」

日本刀は古墳時代、平安時代中期の直刀時代を経て、平安末期から反りのついた彎刀《わんとう》となり、鎌倉、室町時代から慶長にかけて制作されたものを古刀、慶長から江戸時代末期までのものを新刀、江戸末期から明治にかけてのものを新々刀、それ以降のものを現代刀としている。

「伊地知さん、孝相は見ましたな」

「ええ。定例会でね。みごとな太刀でした」

徳山が孝相を持参したのは去年の春だったか。〝備前國杉庄住左兵衛尉孝相〟――。刃長二尺二寸あまりで身幅狭めの大磨上《おおすりあ》げ、腰反りの深い太刀姿はいかにも鎌倉中期の古風が感じられた。板目肌に丁子映《ちょうじうつ》りが立った刃文《はもん》は備前鍛冶《かじ》に特有の鍛えであり、物打ちあたりへいって一段と華やかになっていた。伊地知も日本刀は脇差《わきざし》、短刀をふくめて十数本所有しているが、あれほどの刀を手にとって見たことはなかった。

「こんなことはいいとうなかったけど、伊地知さん、同じ刀好きの仲間として、おたくにしか頼めんと思たんですわ。わしの孝相を助けてくださいな」

「それはつまり、徳山さんに金を貸すということですか」直截《ちょくせつ》にいった。

「すんませんな。お恥ずかしい……」

徳山は下を向き、「千四百万、貸してくれませんか」つぶやくようにいった。

「………」なにもいえなかった。徳山は『センチュリー』というパチンコ店の経営者だが、骨董のほかにつきあいはなく、どういう人間かも知らない。こうして飲みに行くのも初めてだ。

「このご時世、パチンコホールはむずかしいんです。うちは親父のころから伏見と宇治でこぢんまりやってるけど、むかしのホールやさかい駐車場が狭い。いまは郊外型で千台規模の駐車場があるか、街中の繁華な立地で時間つぶしの客を相手にするしか生き残る方法《すべ》がないんですわ。……新しい機械を次々に入れていかんことには客が離れるし、かというて出玉率を上げたら利益がない。銀行や商工ローンにめいっぱい借金して、なんとかまわしてはきたんやけど、やっぱり資金繰りが苦しい。……それで、蒐集してきた刀をカタに入れて、菊池に金を借りましたんや」

徳山は三千二百万円を借りたという。孝相が千四百万、顕吉、清光、信國、助政が四口で千八百万。それらをオークションに出せば五千万円にはとどくだろうが、そのためには借りた金を返済しないといけない——。「名刀を手に入れるのは縁やさかい、二度と出会うことはない。できたらみんな取りもどしたいんやけど、どうにも金ができんのです。……ほかの四口は諦めた。……けど、孝相だけはなにがなんでも取りもどしたい。ホールを潰してもええ、わしの手もとに置いときたいんです」

「なるほどね。そういうことですか」

徳山がそれほど金に困っているとは思わなかった。いつも仕立てのいいスーツを着て定例会に現れ、司会進行など如才なくこなす人物だと感じていたが。

いつのまにか新橋通まで歩いていた。徳山は信号の手前で立ちどまり、ここですわ、とハーフミラーのビルを見あげた。袖看板を指さして、三階の『塔』だという。通りから奥まったロビーに入り、エレベーターのボタンを押した。

塔はクラブだった。全体にモノトーンの内装で、広く、明るい。コートを預け、マネージャーに案内されてピアノのそばのソファに腰をおろした。

「ここ、よう来るんですか」おしぼりを使いながら、訊いた。

「月に二回くらいかな」徳山は煙草をくわえる。

資金繰りが苦しいといいながら花見小路のクラブで飲むのだから、いい気なものだ。

「さっきの件やけど、ぼくが用立てしたら杉孝相を預けてもらえるんですか」

「そら、もちろんですわ。借用証も書きます」

「そのときは孝相を見たいですね」

「刀は菊池のとこにあるし、いっしょに行きますわ。本阿弥光常《ほんあみこうじょう》の折紙《おりがみ》も見てください」

折紙とは、本阿弥家が極めをした鑑定証をいう。本阿弥家は足利のころから刀の研ぎと手入れを家業とし、秀吉の御用をうけたまわるようになって刀剣極め所と折紙発行を許され、併せて折紙に捺《お》す銅印を拝領した。世に知られる本阿弥光悦《こうえつ》は別家本阿弥光二の子で、家康から鷹ケ峯の土地を拝領し、工芸村を開いて俵屋宗達や茶屋四郎次郎と交流した。本阿弥家は七代目光心のころから分家が増え、途中絶家になったものもあるが、幕府、諸藩から食禄を得つつ、幕末まで十二家が存続していたという。

「本阿弥光常は確か、十二代でしたね」

「そう、十二代です」

なら、極めはまちがいない。本阿弥の十四代以降は折紙が乱発された気配がある。

白いドレスと紺のドレスのホステスが来た。ふたりとも背が高い。瑠璃子《るりこ》です、菜摘《なつみ》です、と伊地知に向かって挨拶し、瑠璃子が徳山の隣に座った。

「外、雨は」

「降ってへん。一力から歩いてきたけど」

「天気予報て、あてにならへんわ」

「雨が降ったら困るんか」

「うち、自転車通勤やし」

「わしが送ったるやないか」

「そんなん、部屋でコーヒーでも飲んでって、となるでしょ」

「ほんまかいな、おい」徳山はにやりとした。

「お飲み物は」菜摘が訊いた。

「ビールは飲んできた。水割りにしよ」

「そちらさまは」

「水割りで」

「伊地知さん、わしのボトルはヘネシーですねん。ウイスキーでもよろしいで」

「いや、ブランデーは好きです」

菜摘はウェイターを呼んで、飲み物をいった。

「伊地知さんといわはるんですか」瑠璃子がいった。

「わしの骨董友だちや。今日は例会でな。伊地知さんはドクターやで」徳山がいった。

「あら、お医者さん？」

「伊地知医院いうてな、太秦《うずまさ》で病院をやってはるんや」

「ベッド二十床の小さい医院ですわ」と、伊地知。

「太秦って、映画村の近くですか」菜摘がいった。

「撮影所の西側かな」

「俳優さん、来ます？」

「山崎玲子は診たことある」

「誰です、それ」

「東映のお姫さま女優。膀胱結石」つい、いってしまった。守秘義務を忘れて。

女優だけに大きな病院には行きにくかったのだろう。内服薬を処方し、体外破砕術装置のある病院に紹介状を書いた。あとで丁寧な毛筆書きの礼状がきた。

「菜摘は東映のニューフェースに応募したらどないや」

徳山がいう。「顔だちが日本的やし、時代劇にはぴったりや」

菜摘は首をかしげた。いまどきの子はニューフェースを知らないのだろう。

「菜摘には夜鷹をして欲しいな」

「なんです。ヨタカって」

「赤い蹴出《けだ》しの着物を着て三味線ひくんや」徳山は笑った。

オードブルとヘネシーが来た。瑠璃子が水割りを作る。

伊地知は考えていた。徳山に金を貸す是非を――。

備前杉孝相が千四百万というのは決して高くない。……いや、安い。伊地知の知っている孝相は東京国立博物館に二振と、愛媛の大山祇《おおやまづみ》神社に一振、横浜の如月文庫に一振所蔵され、東博の一振と如月文庫のそれは重要刀剣に指定されているはずだ。日本にある刀剣三百万本――登録刀約二百五十万本、未登録刀約五十万本――のうち、孝相の太刀はおそらく、十振もないだろう。そして、そのうちの一振を手に入れる機会がめぐってきた――。

骨董で借金のカタが危ないのは常識だが、徳山はカタに入れた太刀を取りもどそうとしている。それは孝相が本物である証左ではないか。伊地知が定例会で見た孝相は大磨上げの無銘だったが、茎《なかご》には本阿弥の極めによる金象嵌銘《きんぞうがんめい》が刻まれていた。光常の折紙もまちがいはないだろう――。

伊地知が金を貸せば、徳山は菊池観哉堂から孝相を取りもどすだろうが、徳山には伊地知に返済する金がない。だから、孝相はいずれ伊地知のものになる――。

徳山が諦めきれずに、またどこかから金を都合してきて孝相を返してくれといったら、そのときは黙って渡してやればいい。伊地知に金銭的損失はない――。

伊地知は決めた。千四百万円、徳山に用立てる――。

「ドクター、どないしてますねん」

徳山がいった。「飲んでくださいな」

「ああ、いただきます」

水割りを口にした。ブランデーの香りが鼻に抜ける。

「わし、歌うたいたいな」徳山はチーズをつまんだ。

「ごめんなさい。今日はピアノの先生がお休みなんです」瑠璃子がいう。

「カラオケ、入れんかい」

♪晴れた空、そよぐ風〜、徳山は歌いはじめた。

2

そして三日——。徳山から医院に電話がかかった。

——こないだの件、考えてもらいましたか。

——はい、考えました。

——で、どないです。

——千四百万、お貸しします。

——それはありがたい。恩に着ます。

——孝相を見たいんですけどね。

——もちろんですわ。いつがよろしいか。

——今日の夜は空いてます。

——ほな、お迎えにあがりますわ。晩飯を食いましょ。

——じゃ、七時にお願いします。

電話を切った。ちょっと出る、と看護師に断ってジャケットをとり、診察室を出た。

伊地知の母親きみ枝は医院から歩いて五分の分譲マンションに住んでいる。四年前、院長だった父親が亡くなり、宇多野《うたの》から太秦に引っ越してきたのだ。宇多野の家は伊地知が相続し、家族三人で暮らしている。きみ枝と伊地知の妻雅子《まさこ》は折り合いがわるい。

マンションのオートロックを解除し、階段で二階にあがった。202号室のインターホンを押す。すぐに返事があって、ドアが開いた。

「どうしたの克介《かつゆき》。診察中でしょ」

「いや、話があるんや」

きみ枝の脇を抜けて中に入った。リビングにあがる。テレビはゴルフ中継をしていた。

きみ枝は岩倉カントリークラブの会員で、シーズン中は月に二、三回、コースをまわる。

「コーヒー、淹れる?」

「ああ、もらおか」

きみ枝はキッチンに立った。豆を挽き、コーヒーメーカーにセットする。伊地知はソファに腰をおろし、テレビの音量を絞った。

「このごろ、どうなんや。調子は」

「寒いうちは膝が痛い。先週は一二〇も叩いた」

「古希をすぎた婆さんが一二〇で文句いうか。おれはいつでも一一〇やで」

「おまえ、練習もせえへんのやから」

きみ枝はもどってきた。ソファに座ってメンソールの煙草を吸いつける。いくら煙草をやめろといってもどこ吹く風だ。

「それで、なに？」

「金、貸して欲しいんや」

「いくら」

「千五百万」百万は小遣いだ。

「大金やな」

驚いたふうはない――。「女か」

「ちがう、ちがう。刀が欲しいんや」

「何本も持ってるやないの」

「備前杉孝相。鎌倉時代の太刀や」

「ほんまにもう、病膏肓《やまいこうこう》やな。お父さんのせいやわ」

伊地知の刀剣好きは父親の克彦《かつひこ》譲りだ。伊地知は子供のころから克彦が刀の手入れをするのを見ながら育った。克彦はときには目釘《めくぎ》を抜いて茎《なかご》を見せ、その形状、磨上げの有無、銘や鑢目《やすりめ》など、蘊蓄《うんちく》を語った。伊地知は刀が人を殺傷する武器だとは思わず、青光りする刀身、反り、鋩子《ぼうし》、刃文の映りをただ美しいと感じた。日乗《にちじょう》、三代正房《まさふさ》、七代是一《これかず》、包定《かねさだ》、六代助宗《すけむね》など、いま伊地知が所有している十四本の太刀、刀、脇差、短刀も半数は父親の遺品だ。克彦が長男の伊地知に克介という名をつけたのは、伯耆《ほうき》包介《かねゆき》を手に入れたころだと聞いた。

「杉孝相いうのは、千五百万円もの値打ちがある刀なんか」きみ枝は訊く。

「滝井さんとこの骨董仲間に徳山いうパチンコ店のオーナーがおる。その徳山が菊池いう骨董屋に、孝相をカタに千五百万を借りたんや」

経緯を手短に話した。きみ枝はフンフンと相槌を打ちながら煙草を吸い、

「菊池いうひとは刀に詳しいんかいな」薄いけむりを吐いた。

「そら目利きやろ。でなかったら、そんな大金を貸すわけがない」

「刀に銘は」

「ない。けど、本阿弥十二代目の象嵌銘と折紙がある。それは確かめた」

「無銘の刀は気をつけなあかんで。お父さんもよう騙されたんやから」

「大磨上げの古刀に銘がないのはあたりまえや。生《う》ぶ茎は見たことない」

生ぶ茎とは作刀時のままの姿を有している茎のことをいい、それには当然、銘が切られている。太刀は馬上での戦闘に適したもので刀身が長いため、時代がさがって腰帯に差すようになり、また江戸時代初期に大小差料《さしりょう》の制度が定められたことによって、茎を切って区《まち》（刀身と茎との境）を上に送り、刀身を二尺三寸前後に短くする風潮があった。茎を切れば、銘の位置は下にさがり、目釘穴も新たにあけられる。これを磨上げ茎といい、もっと短く磨上げたものを大磨上げ茎という。大磨上げ茎に銘が残っていることはなく、もし銘があれば偽物《ぎぶつ》を疑わせるのだ。

「千五百万円、いつ要るの」きみ枝はバカラの灰皿を引き寄せて煙草を揉み消した。

「今月中に欲しいんや」

「おまえ、五百万円くらい出したら」

「そんな金はない」

「雅子さんにはいうてへんの」

「いえるわけがないやろ。あいつはおれの趣味に理解がない」

「おまえがあかんのや。わたしはお父さんの刀集めに口出しなんかせんかった」

きみ枝と雅子はよくない。法事で会っても口を利かない仲だ。

「親父は誰のいうことも聞かんかった。協調性、社交性、皆無や」

「ほんまに苦労したわ。いまはこうして気楽にしてるけど」

きみ枝はバルコニーに眼をやった。鉢植の南天に刺したみかんを灰色の鳥がついばんでいる。

「あれ、なんや」

「鵯《ヒヨドリ》。毎日、三、四羽が来るんや」広隆寺から飛んでくるのだろう、といった。

「金、用意してくれるか」

「明日、銀行へ行く。秀美《ひでみ》には内緒やで」

秀美は伊地知の妹だ。奈良の歯科医に嫁いで、王寺に住んでいる。

コーヒーが入った。きみ枝がカップに注ぎ分けて持ってくる。カップは赤い羊歯《しだ》文様で把手が唐子になっていた。

「これ、なんや」

「シノワズリ。ヘレンドの。かわいいやろ」

「医院で使うわ」三客ほど包んでくれといった。

「ほんまに、なんでも持っていくんやから」

きみ枝は笑った。実家は西陣の帯屋で金に不自由したことがないから、ものに執着がない。帯屋は二十年ほど前、五億の負債を抱えて店をたたんだんだが。

コーヒーを飲み、カップをもらってマンションを出た。枯葉が風に舞っていた。

徳山は七時すぎに来た。黒のレクサス・ＬＳ４６０。借金まみれなのに、いい車に乗っている。

「すんまへんな。お忙しいのに」

「ぼくは当直せんのですわ」

「先生は内科ですか」

「血を見るのは苦手でね」

徳山は伊地知を先生と呼ぶ。このあいだまでは、伊地知さんだったのに。

伊地知医院に医師は三人いる。ほかのふたりは週三日ずつのアルバイトだ。伊地知の母校、近畿医科大の医局から名義を貸してもらい、教授には年間二百万円の裏金を渡している。

車は丸太町通に出て、東に向かった。レクサスはエンジン音がせず、滑るように走る。

「菊池さんとはどういう知り合いです」

「定例会に来てもろたでしょ。あれからですわ」

菊池をゲストに招いたのは高橋だったという。「菊池観哉堂は平成の前から高橋さんとこに出入りしてたみたいですな。やきものでよさそうなもんが入ったら、見せにいってたらしい」

「すると、こないだの萩の茶碗も……」

「いや、あれはちがいますやろ。大阪で買うたと、高橋さん、いうてたやないですか」

「菊池観哉堂は刀剣の売買もするんですね」

「刀が専門やないけど、玄関口に何口か飾ってますわ。倉庫にも二、三十口はあると聞きましたな」

祐國、為次、行長──。いくつかの銘を徳山はあげた。為次は伊地知も欲しい刀だ。生ぶ茎の無瑕《むきず》で百万くらいなら買ってもいい。

「行ったら分かるけど、店はしょぼいですわ。けど、菊池は金持ってる。バブルのころにしこたま儲けて貯め込んだんでしょうな」

そのあと、徳山は病院の経営についてあれこれ質問してきた。伊地知は適当に答える。看護師の制服は先生の好みで揃えますんか、と訊かれたときは笑ってしまった。

新堺町通──。菊池観哉堂に着いた。間口の狭い棟割りの町家の一軒を、一階部分だけ店に改装したらしく、両隣は仕舞屋《しもたや》だった。

徳山は店前にレクサスを駐め、車外に出た。ガラス引き戸を開けて声をかけると、ほどなくして奥から菊池が現れた。

「おいでやす。お待ちしてました」

菊池は手を揃えて、「どうぞ、どうぞ、お入りください」と、愛想よくいった。

徳山につづいて、伊地知は中に入った。間口も狭いが店も狭い。和室にすれば十二畳ほどか。その壁際に天井まで棚をしつらえ、雑多なものを山と詰め込んでいる。皿、壺、花瓶、香合《こうごう》、ガラス器、市松人形、招き猫に福助、ショーケースには根付《ねつけ》を並べていた。ここは古美術店というより、古道具屋だ。合板の天井は波打ち、床はリノリウムがところどころ剝げ、澱《よど》んだ空気は乾いた黴《かび》のような臭いがした。

「いやぁ、何十年も品物を入れ替えてないさかい、ごちゃごちゃですねん」

伊地知の顔色を見てとったのか、言い訳するように菊池はいった。白髪をきれいに七三に分け、三つ揃いのダークスーツに糊のきいたクレリックシャツ、濃紺のネクタイを締めている。眼鏡は蔓《つる》の太い鼈甲《べっこう》縁だ。店はともかく、服装はちゃんとしている。

「刀はこっちですわ」

徳山の声に振り返ると、入口の右側にガラスで仕切った棚があった。刀と脇差が白鞘の抜き身で刀架に飾られ、大小の拵《こしらえ》が脇に置かれている。伊地知はガラス棚の前に立った。

「いい刀ですね」

茎を見なくても分かる。数打ちものの束刀《たばがたな》と注文打ちの上作は肌がちがうのだ。地鉄《じがね》が冴えて明るい。反りがやや浅く、区から物打ちにかけて身幅が狭くなり、小鋒で結んでいる。脇差も鎬造《しのぎづくり》なので〝寛文新刀〟か。

「この大小、作は」菊池に訊いた。

「本差が二代國康、脇差が兼正です」

拵は同じでも大小の銘がちがうのは普通だ。伊地知の読みどおり、國康も兼正も寛文新刀だった。

「徳山さんから為次をお持ちやと聞いたんですが」

「ああ、為次は売れました。去年の暮れに」

長さは二尺三寸二分、拵は群青の柄巻に青貝《あおがい》微塵塗鞘《みじんぬりさや》だったという。

「為次は生ぶ茎でしたか」

「はい、生ぶでした」

「ちなみに、値は……」

「百四十万円、いただきました」

「そうですか……」

拵つきで百四十万は妥当なところだろう。菊池の値付はまともだ。

「ほかに生ぶ茎で、よさそうな刀はありますか」

「貞重はどないですか。三代貞重」

「備後ものは好きやないんです」

以前、貞重の脇差を見たことがある。銘は《備州鞆住貞重》と読めたが〝備〟と〝鞆〟の字はまちがっていた。偽物ではない。むかしの刀工は読み書きのできないものが多く、寺の住職にでも書いてもらった書付を読めぬまま銘に切ったために、そんなまちがいが起きた。字のあやふやな銘は貞重に限らず、ほかにいくらでもある。

「菊池さん、孝相を見せてくれませんか」

徳山がいった。菊池はうなずいて奥に消える。伊地知と徳山はショーケース横のソファに腰をおろした。座面がへたってごわごわしている。

「先生、生ぶ茎やったら、わしの清光もそうでっせ」

加賀清光。一尺八寸、互《ぐ》の目《め》の脇差だと、徳山はいう。

「清光はどうもね……」

「嫌いですか」

「拵は」

「白鞘です」

「それは、また見させてもらいます」

孝相に清光まで融通する金はない。

菊池がもどってきた。刀袋は黄ばんだ晒木綿《さらしもめん》で、紐も同じだ。刀袋が絹の帯地をほどいて作られたようなきれいなものは偽物の可能性が高く、大名家や大身《たいしん》の武家に伝来した刀は一見粗末な袋に収められていることが多い。

菊池はテーブルに麻布を敷き、刀袋の紐をほどいて白鞘の刀を出した。一礼して伊地知に差し出す。

「拝見します」

伊地知は鞘を抜き、刀身を明かりにかざした。みごとだ。すばらしい。板目肌に丁子文、鋩子は乱れ込み。なにより全体の姿がいい。伊地知は見入った。この刀が欲しい――。

「よろしいか」

「あ、はい……」

孝相を返した。菊池は小槌で柄《つか》の目釘を抜き、柄頭《つかがしら》を握って手首を打った。現れた茎を持って柄を抜き、鎺《はばき》を外す。馴れた所作だ。

菊池は拭い紙で刀身を包み、伊地知は受けとった。茎を間近に見る。茎先は角一文字、錆色は古色がついて申し分ない。鑢目《やすりめ》は浅めの〝切り〟、整然と水平にかけられている。金象嵌銘は〝備前國杉庄住左兵衛尉孝相〟とあり、これは極めをした本阿弥家が大磨上げの茎には象嵌銘を入れ、生ぶ無銘の茎には朱銘を入れる約束にかなっている。

伊地知は一礼し、刀を返した。菊池は茎を柄に収め、目釘を打つ。刀身に丁子油《ちょうじあぶら》を塗り、鞘にもどして刀袋に入れた。

「では、折紙を」

菊池は奉書包みを開いた。越前和紙の折紙を出す。伊地知は折紙を広げた。右から《孝相　正真　長サ貳尺貳寸参分磨上無銘　代金子七枚　永禄九年子　七月三日　本阿》とあり、本阿の下には墨色濃く花押が書かれている。折紙の裏には《本》の銅印が押されていた。〝代金子七枚〟は極めをした本阿弥光常がこの孝相に——永禄九年、室町時代末期に——大判金七枚（小判七十両）の価値を認めたことの標《しるし》だ。

「けっこうです」折紙をたたんだ。

「ほな、金は」徳山が訊く。

「用意します」うなずいた。

「菊池さん、それでよろしいな」

徳山は菊池にいった。「千四百万、今月中に返済するさかい、孝相と折紙は伊地知先生に渡してください。わしは先生に借用書を書きますわ」

「分かりました」

菊池はいって、「ほかの刀はどうされます」と訊く。

「金策はしてるんやけどね、利息だけ入れるわけにはいきませんかな」

「徳山さん、わたしは半年も猶予しました。今月末が限度です。顕吉と助政は引き合いがきてるし、もうこれ以上は堪忍してください」

　菊池は強くいい、徳山は下を向いた。徳山は返済を半年も延ばしていたらしい——。

「失礼ですけど、その利息というのはいくらですか」伊地知は訊いた。

「三十二万円ですが……」

　菊池が答えた。菊池が徳山に貸したのは三千二百万円だから、月に一分の利息をとっているようだ。

「菊池さんは顕吉をいくらと見たんですか」

「三百万です」

「顕吉はこちらに？」

「いえ、引き合いがきた愛好家に預けてます」

　二尺六寸、磨上げ茎、銘は〝薩摩《さつま》城府《じょうふ》滑川《なめかわ》住《じゅう》藤原《ふじわら》顕吉〟という。

「三百万円を返済したら、顕吉は徳山さんのもとにもどるんですね」

「そら、ま、そうですけど」菊池は歯切れがわるい。

「じゃ、ぼくが立て替えます。三百万円」

　薩摩顕吉は前々から欲しい刀のひとつだった。徳山はどうせ金を返済できないから、いずれは伊地知のものになる。三百万円なら、雅子に黙って都合できるだろう。

「徳山さん、話がちがいますな」

菊池は徳山を見た。「わたしは顕吉のことまで聞いてませんよ」

「話がおかしいのはあんたのほうでっせ。五本の刀は借金のカタに入れてるだけで、あんたに譲ったわけやない。わしの刀をわしがどないしようと勝手ですやろ」

「けど、顕吉は……」

「ちょっと待った。菊池さん、あんた、わしの顕吉をなんぼで売るつもりなんや」

菊池が顕吉を売る算段をしているのが気に障ったのだろう、徳山は眉根を寄せた。

「引き合いがきてようときてまいと、そんなことは関係ない。今月の返済期限がすぎるまでは、顕吉はわしのもんなんや。そこんとこをまちごうたらあかんがな」

さもいまいましげに徳山は舌打ちした。菊池は黙り込む。

「三十一日、また先生といっしょに来るさかい、よろしいな」徳山は腰を浮かした。

「分かりました。顕吉もここに置いときます」

目算が外れたのか、声を落として菊池はいった。


車に乗った。徳山はスターターボタンを押す。伊地知はシートベルトをかけた。

「すんまへんな。つい感情的になってしもて」

「いや、勝手をいったのはぼくです」

「菊池は顕吉と助政だけやない、清光も信國も孝相も売っ払う段取りしてたにちがいない。毎月、わしから三十二万もの利息をとりながらね」

徳山は川端通に向けてレクサスを走らせた。

「しかし、品物の売買は骨董商の仕事でしょ。あのひとを責めるのは酷ですよ」

「ま、理屈はそうかもしれんけど、わしは骨董屋やない。資金繰りの苦しいパチンコ屋のオヤジですわ」

自分を嗤うように徳山はいい、「――三十一日は、何時に」

「今日と同じで」

「ほな、七時に病院へ行きますわ」

「頼みます」

「それで先生、相談なんやけど……」

「利息でしょ」

先まわりした。「徳山さんからもらうつもりはありません」

「ほんまですかいな」

「ただし、返済期限を決めてください」

「いつですか」

「六月末」

「そら、きついな。三カ月後でっか……」徳山は考え込んだ。

「最近は医院の経営も楽やないんです。わたしもそう余裕があるわけやない」

「いわはるとおりですな」

徳山は小さくうなずいた。「すんまへん、わしは条件をいえる立場やない。期限は六月末。それで借用書を持参します」

借用金額は千七百万円。その担保物品として刀剣二本、杉孝相と薩摩顕吉を伊地知に預託し、本年六月末日までに返済できないときは所有権を移転するものとする――。

「そんな但し書きでどないですか」

「はい。お任せします」

伊地知もうなずいた。車は川端通に出た。

「さて、どこで飯食います」

「体が温まるものを食べたい。鍋物はどうですか」

「よろしいな。先生、すっぽんは」

「好物です」

「ほな、鼈家《べっや》へ行きますか」

創業三百年を超える京すっぽん料理の老舗だ。鼈家は美味い。

徳山は川端通から丸太町通へ向かった。

3

その後、徳山から連絡はなかった。伊地知も連絡はしない。孝相と顕吉は伊地知の手もとにある。千七百万円もの金を貸しながら利息をとらなかったのは、徳山と会いたくなかったからだ。会えば徳山は返済期限を延ばしてくれとぐずぐずいうだろう。

孝相と顕吉は半月に一度、手入れをした。刀身の古い油を拭いとり、打粉《うちこ》を打ってまた拭う。新しい油を塗り、鞘に納める。孝相を手にするたびに、この名刀がもうすぐ自分のものになるのだと心が躍った。

孝相と顕吉では格がちがった。顕吉も地肌の澄んだいい刀だが、孝相をそばに置くと、やはり醸《かも》し出す匂いがちがう。孝相は大鎧の武将の佩刀《はかし》として元寇に出陣したかもしれない。応仁の乱を戦ったかもしれない。鎌倉中期に打たれた太刀が七百五十年の年月を経て伝来したと思うと、どこか荘厳な気持ちになった。この日本に杉孝相は十振とないのだ。

六月三十日――。徳山から電話がかかった。金が工面できないという。

――お願いですわ、先生。もう二月、いや一月だけ待ってくださいな。

――徳山さん、ぼくは三カ月待ちました。今日中に千七百万円、返済してください。

――そんな、高利貸しみたいなこと、いわんとってくださいな。銀行や税務署でもすぐには競売にかけたりせんのでっせ。

――高利貸し、は心外ですね。ぼくがいつ利息を要求しました。

――しかし、先生……。

――はっきりいいます。今日中に返済がないときは、孝相と顕吉はぼくのものです。

――先生は木二会の仲間やないですか。恥をしのんで頼んだんでっせ。

――徳山さんは定例会に出てないでしょ。前回も前々回も。

伊地知も出席しなかった。徳山を避けたから。

――本業が左前やのに、茶碗や絵を見て遊んでられますかいな。

――いま診察中なんです。失礼します。

徳山からの電話は、それが最後だった。

七月――。孝相と葡萄文象嵌鐔《つば》を持って今熊野宝蔵町《いまぐまのほうぞうちょう》の末永辰己《すえながたつみ》の工房へ行った。末永は祖父の代からの刀剣鞘師で、伊地知はこれまでに三口の刀の拵を末永に頼んでいる。刀剣愛好家には、刀は白鞘でよしとする考え方と、拵があってこそ一人前とする考えがあり、伊地知は後者だ。刀と拵をともに並べて初めて雰囲気が出てくると考えている。

末永は板の間に座って木取りをしていた。乾燥させた朴《ほお》の板の上に刀を置き、刀身に合わせて外郭線を描き、鋸《のこぎり》で切り出すのだ。切り出した部材は二つに割り、中をくり抜いたあと、接着して鞘にし、鞘口には鯉口角《こいくちづの》、鞘尻には鐺《こじり》をつけて補強する。櫃《ひつ》を彫り、栗形を据えて鞘の仕上げを終えると、柄を削り出して頭《かしら》と縁《ふち》を据え、鮫皮を着せて柄に組紐を巻く。末永の作業はそこまでで、鞘の漆塗りと研ぎは塗師《ぬし》にまわす。拵はすべて刀剣に合わせた注文生産であり、鞘に螺鈿《らでん》などの装飾を加えると完成までに半年はかかる。

末永は孝相を手にとって、唸《うな》った。

「これが孝相か……。まさに名刀ですな」

末永の称賛は心地よかった。さすが熟達した職人だ。刀剣の美は分かるものには分かる。

「拵はどんなのが似合いますかね」

「ちょっと長さがないさかい、派手めにするよりは地味に拵えたほうが似合いますやろ。黒鞘の登城差し。柄巻も黒。柄頭は水牛の角。金具は赤銅で」

「鐔はこれでお願いします」鐔の包みを開いた。

「ああ、よろしいな。作は」

「双八と聞きましたけど、銘なしです」

「お預かりします」

刀身に合わせて鞘と柄の削りが終わったら刀は返却する、拵ができるのは十月末、と末永はいい、予算は四十万円ほどみて欲しいといった。

伊地知は了承し、工房をあとにした。


そして十日――。末永から電話があった。

――先生、金線がとれてしもたんです。茎の。

――どういうことですか。

――いえね、柄を作って目釘の穴を合わせてたら、茎の銘に埋めてた金線がポロッととれましたんや。〝備前國杉庄住〟の〝杉〟の字ですわ。木偏のハネのとこが外れて落ちたんです。

――銘の彫りが浅かったんでしょ。わるいけど、補修しといてくださいな。

茎の象嵌銘の一部が欠けることなど、刀にはなんの影響もない。いちいち電話をかけてくることもないのに。

――それがね、先生、金線が落ちた銘の切り口が光ってますねん。

――光ってる、とは……。

――そやし、この象嵌銘を切ったのは最近ですわ。

——そんなあほな……。光常の折紙は永禄九年の発行ですよ。象嵌銘も同じ年に入れたはずです。

——永禄九年いうたら、戦国時代やないですか。そんな大昔に切った象嵌銘が、なんぼ金線を埋めてたからというて、錆びてへんはずがない。

——つまり、孝相は偽物《ぎぶつ》ということですか。

——わしはそう思います。このまま拵をしてええもんかどうか、それで先生に電話したんですわ。

言葉が出なかった。孝相が偽物……。

——とにかく、そちらへ行きますわ。拵は中断ということにしてください。

電話を切った。患者が待合室にいる。派遣の医師にあとを頼んで医院を出た。

まさか、孝相が偽物であるはずはない。極めは本阿弥宗家十二代光常だし、折紙も確かだった。象嵌銘に錆がないというだけで偽物とは、よくもいえたものだ。末永は鞘師であり、研ぎ師ではない。だから刀の見方が甘い。そう思い直した。

今熊野、末永の工房に入った。藍染めの作務衣《さむえ》を着た末永はストーブの前に胡座《あぐら》をかいて、羊羹をつまみ、茶を飲んでいた。

「あ、先生、早かったですな」と、伊地知を振り仰ぐ。

「タクシーで来たんです。孝相は」

いうと、末永は立って、神棚の下の刀架から白鞘を持ってきた。鞘を払い、柄を抜いて伊地知に差し出す。伊地知は茎を見た。

末永のいったとおり、〝杉〟の金線の一部が落ちていた。長さ五ミリほど、切り銘の底が見えている。錆はまったくない。そこだけが白っぽい光沢を放っていた。

一瞬、膝の力が抜けた。板の間に座り込む。

「ほら、先生、よう光ってますやろ」気の毒そうに末永はいう。

「末永さん、象嵌銘の刀の拵をしたことはありますか」声が掠《かす》れた。

「けっこうやりましたな。いままでに七、八本は拵えたやろか」

「象嵌が欠けてたことは」

「そら、もちろんですわ。金象嵌てなもんは柔《やら》かい純金を細い溝に叩き込んだだけやさかい、簡単に欠けますんや。金象嵌というても、金が半分も残ってない茎が多かった。この孝相みたいに象嵌銘がみんなきれいに残ってる茎は珍しいですわ」

「金が剝がれて埋め直したことはあるんですか」

「あります。剝がれたとこは錆びてました。下地が錆びるから、埋めてた金が外れますねん」

「すると、これは……」

「ま、先生、確かめてみましょ」

末永は道具箱から細い鏨《たがね》を出した。鏨の先で金線をとっていく。〝備〟も〝相〟も、銘の溝は真新しかった。

「もう何十年と偽物は見てきたけど、こういうのは初めてですな。大磨上げの無銘の茎に孝相の銘を切って、金を埋めたんですやろ」

「しかし、折紙は……」

「折紙の寸法はどない書いてました」

「二尺二寸三分です」

末永は折り尺を出した。伸ばして孝相の刀身を計る。

「二尺二寸五分。二分ほど長いですな」

「………」

眩暈《めまい》がした。たった六ミリ長いとはいえ、これは偽物かもしれない。鍛えも刃文も鋒《きっさき》も棟も、すべて孝相なのに。

「拵、どないします」末永は訊いた。

「申し訳ない。ここまでということにしてください」

偽物かもしれない刀に拵は要らない。「いくら、お支払いしたらいいですかね」

「けど、まだ途中ですさかいな……」末永は考え込む。

「鞘と柄の制作費だけでもとってください」

「ほな、すんません。白鞘として、十万円いただきます」

「お手数かけました」

十万円を渡して、拵え途中の白鞘と孝相を受けとった。

鑑定を受けて、孝相の真偽を確かめたかった。東本願寺近くの鍵屋町に懇意の刀剣専門店があり、当主は業界一の鑑定家とされているが、そこに持ち込むのは気がひけた。目利きを自任している伊地知が偽物をつかんだとあっては、笑いものになる。

東山通を歩きながら考えた。誰か、鑑定家はいないか――。

思いついたのは、以前、木二会の講師に招いた洛鷹《らくよう》美術館の館長だった。仏教美術が専門だと聞いたが、コネクションはあるだろう。名前は確か、河嶋《かわしま》といった。

一〇四で洛鷹美術館の番号を訊き、かけた。

――河嶋ですが。

――失礼します。わたし、木二会の会員で、伊地知と申します。館長には山科の滝井邸でお目にかかりましたが、憶えていらっしゃいますでしょうか。

――木二会……。滝井建設の。

――わたし、太秦で医院をやっております。一度、お目にかかっただけでこんなことをお願いするのはなんですが、洛鷹美術館にお伺いしてもよろしいでしょうか。

──ご用件はなんです。

──不躾ながら、館長に刀剣の鑑定家を紹介していただきたいと……。

──刀剣ですか。知人がいないこともないですが。

──今日、館長のご都合は。

──夕方まではおります。

──では、十分だけ、お時間をください。

電話を切った。通りかかった和菓子店で麸饅頭を買い、タクシーに手をあげた。

嵐山、堂ノ前町──。洛鷹美術館は鉄筋コンクリート造り、高床の平屋で、長さ五十メートルはあろうかという切妻のむくり屋根に燻《いぶ》しの瓦。白砂利を敷き詰めた前庭は広く、周囲にはイヌマキの生垣を巡らせている。

伊地知は車寄せでタクシーを降り、館内に入った。受付カウンターで名刺を差し出し、館長への面会を伝えると、女性事務員が館長室まで案内してくれた。

館長室は絨毯敷き、漆喰の壁にローズウッドの腰壁、重厚なマホガニー材のデスクといった書斎ふうの造りだった。河嶋はデスクの前でパソコンを眺めていた。

「お邪魔します。さきほど電話しました伊地知です」

「ああ、滝井さんの会におられましたね」

ツイードのジャケットに黒のタートルネックセーター。河嶋は立って、そばに来た。伊地知は名刺を交わし、麩饅頭の包みを渡した。

「どうぞ、おかけください」

伊地知はソファに腰をおろし、孝相と白鞘の刀袋を脇に置いた。

「それは刀ですか」河嶋も座った。

「杉孝相です」

「いい刀じゃないですか。備前孝相。鎌倉のころの刀工でしたか」

「それがどうも、偽物かもしれんのです」

「名のとおった刀は危ない。虎徹《こてつ》を見たら贋物と思え、とかいいますな」

「館長はお詳しいですね」

「聞きかじりです。ぼくには刀剣のよしあしは分かりません」

「わたしは父親の代から刀剣を蒐集してるんですが、今回ばかりは目利きを誤ったかもしれません。そこで館長に鑑定家を紹介してくださるよう、お願いにあがりました」

膝を揃え、頭をさげた。「――京都の刀剣店には何軒か馴染みがありますが、正直いいまして、孝相を見せたくないんです」

「それはそうでしょう。備前孝相ほどの刀を偽物と判断されたら噂になる。京都は狭いですからね」さすが、美術館の館長はマニアの心理をよく知っている。

「誰か、信頼できる鑑定家をご存じないですか」

「大阪にひとり、研究者がいます」

河嶋はソファに片肘をついた。「専門は日本の鉄文化史で、刀工に詳しい。刀剣の鑑定眼も一級です」

洛鷹美術館が武具刀剣展を開催するときはアドバイザーで来てもらうという。

「その方のお名前は」

「片岡鐵造《かたおかてつぞう》。鐵造はペンネームです」

大阪富田林《とんだばやし》にある西蘭文科大学の教授で、少し変わり者だと河嶋はいった。

「片岡教授はどう変わってられるんですか」

「子供がそのまま大人になったようなひとです。ずけずけとものをいうから誤解されやすい。刀を振りまわすような凶暴性はないから心配いりません」

河嶋は小さく笑って、「富田林にはいつ、行かれますか」

「明日の午後、伺いたいんですが」明日は土曜だから、診察は昼までだ。

「じゃ、片岡氏に電話しておきます」

河嶋は親切に、そういってくれた。

4

ＪＲで大阪駅、地下鉄で天王寺、近鉄阿部野橋駅から河内長野行きの準急電車に乗った。地図によると、西薗文科大学は富田林駅の東三キロほどの丘陵地にある。

車中、伊地知はずっと考えていた。偽物の可能性を――。

平安時代後期から現代まで、日本刀はおそらく数千万本、作られてきた。いつの時代も各地方に刀工がいて、刀剣を打つかたわら、鍬《くわ》や鋤《すき》、包丁、釘も打った。刀剣造りだけで食えた鍛冶職人はそう多くなかっただろう。

太刀や刀には注文打ちもあれば数打ちもある。名のある刀工が打った刀は後世に継がれたが、数打ちの束刀や雑刀は錆びれば捨てられた。室町のころ、対明貿易の主要輸出品のひとつは刀剣であり、良質の鋼の原料として一隻の船に五万本を超える刀が積まれていたともいう。

そのように日本刀は数が多く、刀工や金工職人、鏨師《たがねし》も多く存在したから、室町のころにはすでに偽物が作られていた。

偽作を目的として一から打たれるもの。これは姿や鍛え、刃文を似せた――。

無銘の茎に銘を切る。有銘の茎は銘を磨り落として、新たに銘を切る――。

火災にあった名刀に、再び焼き入れをする。これは〝再刃《さいば》〟という――。偽の刀身に正真の茎を熔接するのは〝継茎《つぎなかご》〟という――。文書によって伝来を作る手口もある。弁慶所持、大名家伝来、西郷献上など――。折紙の偽造。本阿弥家の極めにより無銘古刀を『正宗』とすれば、数千万円――。

まさに、ありとあらゆる偽造の手口がある。がしかし、本阿弥宗家十二代光常の折紙が偽物だとは考えられなかった。孝相にはまだ一縷《いちる》の望みがあると思いなおした。

富田林駅前からタクシーに乗り、西蘭文科大学に着いたのは四時だった。太秦を出たのは一時すぎだったから、やはり南大阪は遠い。大学は広大なぶどう畑の広がる山の中腹にあった。

玄関ロビーの案内表示を見て、三階にあがった。《教授　片岡鐵造》のドアをノックする。片岡は学内でもペンネームで通しているらしい。

はい――と大声で返事があり、伊地知はドアを開けた。髪の薄い小柄な男がギターを抱えて立っていた。年齢《とし》は伊知地より少し上、五十代半ばか。

「伊地知と申します。洛鷹美術館の……」

「はいはい、どうも。お医者さんやそうですな」

片岡は肩のストラップを外し、ギターをアンプに立てかけた。床置きの大型スピーカーの後ろには段ボール箱が山と積まれ、いまにも崩れそうだ。スチールデスクとキャビネットは書類で埋まり、書棚からあふれたファイルや本は部屋の四隅で蟻塚《ありづか》と化している。片岡は〝片付けられない症候群〟だろうか。

「来月、ライブですねん。富田林のレインボービレッジ。ブルーズはよろしいな。ボトルネックを練習してるんやけど、えらいむずかしい。ブルーズ、聴きます？」

「いえ、音楽はどうも……」かぶりを振った。

「キーボードのできるメンバーを探してるんやけど、学生は嫌がってね」

片岡は左の人差し指にはめた金属のチューブを抜いてジーンズのポケットに入れ、ソファの書類を脇に退けて座った。「ま、どうぞ」

いわれて、伊地知も座り、釣竿ケースを足もとに置いた。

「些少ですが」封筒を差し出した。

「商品券？」

「あ、はい……」

「ライブの打ち上げに使いますわ」

デパートのレストランで打ち上げをするのだろうか。なるほど、この男は変わっている。

「孝相を買うたんですか」

片岡は脚を組んだ。赤い靴下に緑色のラバーサンダルを履いている。

「茎の金象嵌が欠けました。見ていただけますか」

「はい、はい、見ましょ」

片岡はブラインドをいっぱいに開けてもどってきた。伊地知は竿ケースのジッパーを引いて孝相と折紙を出す。刀袋をとり、白鞘を片岡に渡した。片岡は鯉口を切り、鞘を払って刀身を自然光にかざして、

「こいつは八分もんやね」あっさり、いった。

「そうですか……」

八分ものとは、正真を十とすると、その八掛けくらいのものという意味で、かなりよくできた偽物をいう。

「茎を見るまでもない。匂いがちがう」

「具体的には」

「刀の姿。地鉄の冴え。漂う風格。いわくいいがたいね」

独りごちるように片岡はいい、「おたく、目利きですか」

「いえ、蒐集歴は長いですが……」

「謙遜することはない。自分は目利きやと、顔に書いてある」

片岡はにやりとした。「刀剣マニアは目利きがいちばん危ない。刀工や銘や歴史や折

紙やと、なまじ知識があるだけに、刀そのものを素直に見ることができん。これは孝相や、兼定や、清麿やという先入観で見てしまう。ちょっとおかしいかなと思ても、欲で目が曇る。目利きほど騙されやすいんですわ」

「なるほど。一理ありますね」

うなずいたが、同意はしていない。刀身を見ただけで偽物と判断するな。「——じゃ、先生は誰の作やと」

「基弘でしょ。同じ備前鍛冶で時代も作風も近い。この刀を孝相に仕立てた人物も、そうとうの目利きやね」

基弘は若いころ、見たことがある。いわれてみれば、確かに似ている。似てはいるが、基弘は上作でも二百五十万だ。

「これでよろしいか」もう鑑定は済んだとばかりに、片岡はギターに眼をやった。

「しつこいようですが、茎を見ていただけませんか」

三時間もかけて富田林くんだりまで来た。三万円の商品券も渡したのだ。

「目釘抜きは」

「ここに」

目釘抜きと拭い紙を渡した。片岡は手早く柄を外し、茎をじっと見た。

「こいつはおもしろい」無遠慮に笑う。

「どう、おもしろいんです」ムッとした。

「この象嵌銘は本阿弥が入れたもんでしょ」

「十二代光常です」

「光常ともあろうものが、字をまちがうとはね。そこがおもしろい」

片岡は伊地知に銘を見せた。「〝國〟の字が〝図〟とも読める。どういうことかな」

「有銘の孝相に似せて象嵌銘を切った……」

「本阿弥の極め銘と刀工の切り銘が同じであるはずがない。おまけに字までまちがえてる。光常が銘を入れるんやったら、当然、正字の〝國〟でないとあかん」

「……」力が抜けた。この孝相は偽物だ。もうまちがいない。

伊地知の落胆を気の毒に思ったのか、片岡は、折紙を見たいといった。伊地知は折紙を手渡した。

「こっちはまちがいない。本物や」

折紙を広げるなり、片岡はいった。「骨董屋がどこかの古本市でこの折紙を見つけた。それがまわりまわって刀剣詐欺師の手に入った。詐欺師にとって折紙に合う刀を探してくるのは、大して面倒なことやない。そうして、孝相に似た大磨上げ無銘の刀に象嵌銘を入れた。……まぁ、そんなとこやろね」

「すると、これは離れ折紙……」

旧家の当主が亡くなって、遺族が刀を売るとき、折紙の存在を忘れることは多々ある。それを離れ折紙といい、古文書として取引される。将軍秀忠に目利き稽古をした本阿弥家十代光室あたりの折紙だと、十万円の値がつくともいう。

「浜の真砂は尽くるとも世に贋刀の種は尽きまじ。ここはきっちり騙されましたと、白旗あげることですな」

その白旗が千四百万円……。あまりにひどい。

伊地知は竿ケースからもう一本の刀を出した。顕吉だ。

「ごめんなさい。この刀も見ていただけませんか」

「銘は」

「顕吉です」

「薩摩滑川顕吉ね」

片岡は顕吉を抜いた。「時代はある。刃文も似てる。……けど、これはちがう。数打ちもんの上作ですな」

茎を見せる気にもならなかった。どうせ偽銘だ。

孝相と顕吉をケースにもどした。腰をあげる。

「またお役に立てることがあったら来てください」

「ありがとうございます」

頭をさげた。二度と来ることはないだろう。

部屋を出た。ドア越しに下手なギターが聞こえた。

5

夜、旧知の弁護士、磯部に電話をした。磯部はヤメ検だから刑事事件に強い。孝相と顕吉の偽物をつかまされた経緯を話して、返品または弁済を要求できるかと訊いた。磯部は、美術品の真偽を問うのは偽造をした当人の証言でもないかぎり非常にむずかしい、と醒《さ》めた口調でいった。

——しかし、象嵌銘がまちがってるんですよ。國の字が。

——鑑定した本阿弥家が孝相の銘に似せて金象嵌を入れるよう、金工師に指示したかもしれません。

——そんな無茶な。

——常識ではそうであっても、立証する方法《すべ》がないでしょう。

——銘が錆びてないのはどう見るんです。

——銘に純金を埋めていたから錆びなかったともいえます。

——詭弁《きべん》やないですか。

——詭弁を法で罰することはできません。

——いったい、どうしたらいいんですか。

——仮に刀に細工をしたと証明できても、犯意は証明できない。向こうが知らなかったといえばそれまでです。徳山も菊池も善意の第三者を装うでしょう。

被害者がいても贋作の売買が刑事事件になることはない、民事裁判に持ち込んでも勝訴の可能性は限りなく低い、と磯部はいった。

——結論はつまり、騙され損ということですか。

——お力になれなくて、申し訳ないです。

——いや、こちらこそ、ややこしいことをいいました。

とんだ恥をかいた。弁護士にまで。

ノック——。ドアが開いて雅子が顔をのぞかせた。

「お食事、できてます」

「ああ、行く」

椅子を引いた。「里佳《りか》は」

「まだです」

「デートか」

「聞いてません」

どこで出会ったか知らないが、里佳は最近、高校教師とつきあっている。聖稲《せいとう》学園とかいう農協のような高校だ。調べたが、生徒の偏差値が低い。教師も安月給だろう。一度、会わせろといったが、里佳は素知らぬ顔だ。贅沢放題に育ったわがままな娘は大学を出て就職もせず、しょっちゅうきみ枝のところに行っては小遣いをせびっているらしい。

金をせびるのは、おれもいっしょか——。つぶやいて、書斎を出た。

日曜日——。車に孝相と顕吉を載せて菊池観哉堂へ行った。菊池は店の奥の三畳間に座って文庫本を読んでいた。

「ああ、先生、先日はありがとうございました」菊池は頭をさげた。

「眼鏡をかけずに、そんな小さい字が読めるんですね」

「若いときはきつい近視でしてん。せやさかい、いまはよう見えますんや」

菊池は文庫本を広げたまま机に伏せた。「なにか……」

「今日はお願いにあがりました。孝相と顕吉ですが、引きとっていただけませんかね」

「引きとる、とは」

「実は、知人の病院が移転するので、ＭＲＩ設備一式を譲ってもらうことになったんです。それで銀行に融資を頼んだんですが、あと二千万ほど足らんのです」

「ちょっと待ってください。担保に預かってた刀を返したんは先生とちごうて、徳山さんですよ」

「徳山さんはぼくに借金を返済できんかったんです」

「ほう、そうでしたか」いま知ったような顔で菊池はいう。

「で、どうでしょう、孝相と顕吉を引きとってもらうわけにはいきませんか」

「いくらで」

「千七百万円です」

「先生、うちもあちこちに支払いをためてて、あの金はあっというまになくなりました。今度刀を預かったら、わたしが銀行に借金せなあきませんわ」

「じゃ、徳山さんと同じように孝相と顕吉を担保にして金を貸してください。もちろん、利息はお支払いします」

「伊地知先生、うちは質屋とちがいますねんで。公安委員会の鑑札をもろた古物商です」

「孝相だけでも駄目ですか。千四百万円」

「事情はお聞きして分かりました。けど、ない袖は振れんのです」

「駄目ですか、どうしても」

「あきません」

菊池は真顔で、きっぱりといった。

いくら押しても埒《らち》があかないのは分かっていた。相手は背中に苔むした古狸だ。贋作売買の裏の裏まで知り尽くしている。徳山に知恵をつけたのは菊池だろう。菊池が徳山を操ってこの詐欺芝居を仕掛けたにちがいない。

センチュリーに電話をして徳山の所在を訊いた。日曜は伏見店にいるという。伊地知は伏見に向かった。

伏見区下鳥羽南柳長町《おさちょう》――。センチュリーは国道一号沿いにあった。徳山から聞いたとおり、駐車場が狭い。鉄骨二層の駐車棟に収容できるのは二百台ほどか。屋上に電照看板を据えた陸屋根の建物は、一階をパチンコホール、二階を従業員宿舎にしているようだ。

伊地知は車を駐め、店内に入った。耳を聾《ろう》する騒音、澱んだ煙草のけむり、意外に客が多いのは休日だからだろうが、よくもこんな不健康なところに長時間座っていられるものだと感心した。

景品交換場で徳山の部屋を訊き、通路奥のドアを引いた。階段をあがって、廊下の右側のドアをノックしたが、返答がない。ドアを開けると、徳山はソファで寝ていた。

「徳山さん」

そばに寄って声をかけた。徳山は眼をあける。

「なんや、伊地知先生……」起きあがって、テーブルの眼鏡をとった。

「話があって来ました」

「えらい怖い顔ですな」

「孝相と顕吉です。返品します」伊地知は座った。

「いきなり、なにをいいますねん。あの刀はもう先生のもんや。いまさら返すといわれても、こっちは金がありませんがな」

「あなたはぼくに偽物を売った。引きとるのが筋でしょう」

「偽物？　誰がそんなことを」

「孝相の象嵌銘はつい最近、切られたものです。鑑定家が断定しました」

その理由を、こと細かに話した。徳山は他人事《ひとごと》のように聞いている。「――弁護士にも相談しました。あなたが返金に応じないときは刑事告訴します」

「なんと、切り口上やな。わしの罪は」

「詐欺です」

「そらおもしろい。告訴してもらお」

徳山はまるで動ずる気配がない。菊池も同じだった。

「わしはただの刀剣マニアやで。茎に孝相の金象嵌があって本阿弥の折紙がついてたら、どこをどう疑うんや。本物と思うのはあたりまえやろ」

「あなた、菊池の話に乗ったんですか」

「なんのこっちゃ」

「去年の春、定例会に孝相を持ってきましたよね。あれは孝相が偽物やと見破られるかどうか、試したんやないんですか」

「先生、筋者《すじもん》みたいな言いがかりはやめたほうがええで。あんたは医者なんやから」

「孝相はそもそも、どこで手に入れたんです」

「あほくさ。無粋なことを訊くんやないで」

「千七百万は山分けしたんですか。それとも、菊池から分け前をもろたんですか」

「ええ加減にしいや。わしも怒るで」

「ぼくも今回はええ勉強をさせてもろた。全額を返せとはいいませんわ」

ソファにもたれた。徳山の眼をじっと見る。「七百万でけっこう。孝相を六百万、顕吉を百万で買うてくださいな」

「………」徳山は眼鏡をとり、目頭を揉む。

「わるい話やないと思いますがね。あなたと菊池はまた客を探して、孝相を売りつけたらどうです。十二代本阿弥光常の極め、折紙つきの杉孝相に千四百万を出す客は、ほかにもいるはずです」

ひとつ間をおいた。「これが精一杯の妥協案です。ぼくは一千万の損失やけど、偽物を床の間に飾るわけにはいかん。あなたは濡れ手で粟の一千万を得た上に、孝相と顕吉がもどるんです」

「……」

徳山は無表情でウンともイヤともいわない。損得勘定で頭がいっぱいなのだ。

「菊池と相談して、返事をください」

伊地知は立ちあがった。徳山は俯《うつむ》いたまま、こちらを見ようともしなかった。

翌週、日曜日、徳山が家に来た。伊地知は七百万円を受けとり、孝相と顕吉を返却した。

徳山は木二会を脱会した。センチュリーは倒産も廃業もせず、営業をつづけている。

雨後の筍

1

古美術商の坪内《つぼうち》から、見て欲しいものがある、と携帯に電話があった。坪内は胡散臭い男だから会いたくないのだが、ものを見て欲しいというからには一万円や二万円の礼金は差し出すはずだ。木曜日、大学の研究室に来てくれ、と澤井《さわい》は応えた。

七月七日、雨――。坪内は風呂敷包みを抱えてやってきた。准教授の森脇《もりわき》がソファに寝ているのに気づいて、澤井を手招きする。外でお茶でも飲みませんか、と小声でいった。

澤井は坪内といっしょに大学を出た。坪内のビニール傘は骨が一本折れている。東山通まで坂道を降りて『すみれ』に入り、窓際に席をとった。

「澤井センセ、なに飲みはります」

坪内はパナマ帽をとり、風呂敷包みの上に置いた。半白の薄い髪が頭頂部に貼りついている。

「ぼくはアイスコーヒーを」

「ほな、わしはかき氷にしまひょ」坪内は煙草をくわえた。

「煙草吸うてかき氷食うたら不味いでしょ」

「そうか、煙草と氷は合いませんか。センセのいわはるとおりですな」

坪内は澤井をセンセイではなく、センセと呼ぶ。軽く見られている気がしないでもない。

坪内はウェイトレスを呼んでアイスコーヒーと氷いちごを注文し、金張りのカルティエで煙草に火をつけた。グレンチェックのジャケットに白いシャツ、翡翠《ひすい》細工のループタイ、時計は金無垢のロレックスだ。右腕にアメジストらしい紫の数珠《じゅず》を巻いているのは、いかにも一癖ありげな骨董ブローカーといった風情だ。

坪内はくわえ煙草で風呂敷包みを解いた。半折り新聞大の薄い板が十枚ほど、半透明のビニール袋に入っている。その一枚を袋から出した。

「なんですか……」

平瓦かと思ったが、材は木だ。全体が墨色に染まり、表面に線状の凹凸がある。

「版木《はんぎ》ですわ。浮世絵の」

坪内はいった。「これは墨板。色板もあります」

墨板二枚に色板がそれぞれ四枚ずつついているという。

「作者は」

「桃燕堂如斎《とうえんどうじょさい》やと思いますわ。〝如斎画〟と落款《らっかん》があるさかい」

桃燕堂如斎――。浮世絵にそう詳しくない澤井でも名は知っている。江戸時代中期、寛政のころ、上方にあって、かの東洲斎写楽に対比される役者絵を描いたといわれる絵師だ。写楽の活動期間は十カ月と短いが、如斎のそれも三、四年と短かったはずだ。

「この四月、摂津の旧家の初出《うぶだ》しに行って、やきものや茶道具や豊国《とよくに》の浮世絵やらといっしょに引き取りましたんや。わしはてっきり豊国の版木やと思てたんやけど、落款を見たら如斎となってるさかい、さて、どないしたもんかなと、澤井センセに相談にあがった次第ですわ」

「相談といわれてもね……。ぼくはほとんど門外漢です。浮世絵は」

「澤井センセがそんなこというたらあきませんわ。大学で工芸史を教えてはるのに」

「浮世絵は絵画です。工芸やない」

「絵師の下絵を見て版木を彫ったり、紙に摺《す》ったりするのは工芸やないですか」

坪内はひとりうなずいた。勝手な思い込みが癇《かん》に障る。

「如斎の作例は何点ぐらいあるんですか」訊いてみた。

「わしが調べたとこでは大判錦絵十三作が残ってます。役者大首絵だけですな」

「すると、この版木も」

「大首絵です」

墨一色の版木だが、その彫りを見ると髷《まげ》を結った人物像だと分かる。四角に囲った落款は確かに〝如斎画〟と読めた。

「この版木、摺ってみたんですか」

「そんなこと、しますかいな。素人が下手なことして傷めたらあきませんやろ」

坪内は大袈裟に手を振って、「色板もみんな揃てるみたいやし、摺ったら二作の浮世絵になるはずですわ」

版木が如斎の大判錦絵十三作のうち、どれかに使用されたものなのか、あるいは未発見の錦絵に使われたものなのか、それは確かめていないという。

「墨板はともかく、色板は使いまわしするから残ってないことが多いといいますね」

「そう。表裏とも、彫っては削り、削っては彫りして、最後は竈《かまど》の焚きつけですな」

「坪内さん、ぼくよりずっと詳しいやないですか。浮世絵や版木のこと」

「わしは所詮、骨董屋ですわ。この版木を客に売るのは易いことやけど、それでは芸がなさすぎる。……澤井センセにお願いしたいのは、美術館とか博物館とか研究所とか、版木のほんまの値打ちを知った上で、それなりの値で買い取ってくれそうなとこを紹介してもらえんかなと、そういうことですねん」

そこへアイスコーヒーとかき氷がきた。真っ白な氷にいちごシロップがかかっている。

坪内は赤く溶けたところをスプーンですくった。

「ああ、甘い。わしが子供のころ、近所の駄菓子屋で、かき氷は十円でしたんやで。練乳がかかってんのは三十円で、小豆の入ったんは五十円。夏祭の日だけ、おふくろに小遣いもろて三十円か五十円のを食うたもんです」

「ぼくが子供のころは〝みぞれ〟が三十円でしたね。〝ミルク金時〟は八十円かな」

「センセ、いつです。生まれ年は」

「昭和四十一年です」

「午年《うま》やないですか。わしも午ですねん」

「ひとまわり上ですか」

「まさか、ふたまわりはちがいませんやろ」地肌の透けた頭を坪内は撫でた。

澤井はアイスコーヒーにミルクを落とした。ストローで飲む。『すみれ』のコーヒーはマスターが代わってから味が落ちた。

「それで澤井センセ、どこか目途はありますか」

氷を混ぜながら坪内はいう。「美術館や博物館」

「とりあえず、うちの大学の資料室にあたってみます。如斎の版木に興味があるか」

「センセの行ってはる洛鷹《らくよう》美術館に、専門のひとはいてませんのか」

「洛鷹にはいません。浮世絵に詳しいキュレーターは」

「ここでこんなことというたらなんやけど、センセの取り分は二割でどないですやろか」

「なんです、取り分て」

「版木が売れたときのマージンです」

「そんなのはいいですよ。ただ紹介するだけやのに」

「それでは骨董屋の仁義が廃《すた》る。売り買いをつないでくれたひとには礼金を渡すのが業界の定《き》めですねん」

坪内は大学や美術館を客と考えているらしい。マージンを二割といったのは、澤井にも高く売れるところを探すよう求めているのだ。

「版木を手に入れたのは摂津の旧家でしたよね。どういう由来で版木が残ってたか、聞いたんですか」

「それがまるで分かりませんのや。明治の初めから醤油の醸造をしてたそうやけど、戦後は廃業して、いまは家作で食うてるみたいですな。三年前に先代が死んで、それから長男がぼちぼち蔵の整理にかかったらしい。やきものや掛軸や、品数はけっこうあったけど、これというもんはなかったさかい、由来はいちいち訊いてませんねん」

「浮世絵は何枚あったんですか。豊国とか」

「三十枚ほどありましたな」

坪内は笑った。「三代豊国、二代国安《くにやす》、勝川春暁《かつかわしゆんぎよう》……。どれも煤《すす》けて染みだらけやさかい、一枚五千円がええとこでしたわ」

「版木のほかのものは売ったんですか」

「十把《じっぱ》ひとからげでね。あんまりええ初出しやなかったですな」

坪内はたぶん、コレクターや業者仲間に版木を見せたはずだ。そこではかばかしい値がつかなかったから、澤井に電話してきたにちがいない。

「その旧家はなんて名前です」

「センセ、摂津へ行きますんか」

「いや、参考のために」

「ほかにはいわんとってくださいよ。……館野《たての》といいますねん」

大阪、摂津市の館野家――。版木の由来が必要なときは、話を訊きに行くことがあるかもしれない。

「版木を買いたいひとが見つかったら、いくらで売るつもりですか」

「それはセンセ、こっちが訊きたいくらいですわ」

「けど、目安があるでしょ」

「さぁ、そうやな……」

坪内はスプーンをとめた。「桃燕堂如斎の版木五枚揃いが二作分。大判錦絵やさかい、百万は欲しいですな」

百万円とは驚いた。この男はおかしい。強欲とはこのことだ。

「坪内さん、浮世絵コレクターはたくさんいるけど、版木コレクターはいませんよ」

「そら、そのとおりですな」ひとごとのように坪内はいう。

「せいぜい四、五十万と考えたほうがええんやないですか」

「それやったら、センセの礼金が減りますわ。かまわんのですか」

「けっこうです」

声が尖った。澤井は大学の教員であり、美術館の学芸員だ。業者でもないのに、版木に百万の値をつける図々しさはない。

「すんませんな、値を訊かれたときは百万ぐらいということにしてください。交渉はわしがします」

坪内はかき氷を脇にやり、墨板をビニール袋にもどして風呂敷に包んだ。パナマ帽をかぶり、伝票をとる。

澤井は版木十枚を預かって『すみれ』を出た。雨はあがっていた。

2

研究室にもどると、森脇はまだ寝ていた。肘掛けを枕にし、薄目をあけてこちらを見ている。澤井はテーブルに風呂敷包みを置いた。

「森脇さん、浮世絵に詳しい？」ソファに腰をおろした。

「浮世絵な……。学生のころ、ちょっとかじった」寝たままで森脇は応える。

「それは」

「三回生のとき、ゼミに近世絵画の講師がきた。湯浅直彦《ゆあさなおひこ》。いまは神戸文教大の教授や」

湯浅直彦は北斎の研究で名をあげた人物だ。五年ほど前、京都陶磁美術館竣工記念パーティー会場で名刺を交換した憶えがある。痩身白髪の神経質そうな男だった。

「おれはいまいち版画が好きやない。湯浅さんにいわれて国芳《くによし》をやったけど、国芳はやたら作品数が多い。論文一本仕上げるのに半年もかかったな」

「桃燕堂如斎は知ってるか」

「大坂の絵師やないか。もちろん知ってる」

森脇は起きて大あくびをし、眼鏡をかけた。森脇は准教授、澤井は非常勤講師だが、齢は澤井がひとつ上。森脇は京大文学部の美学美術史学研究室、澤井は京都芸大の工芸デザイン科と、卒業した大学も専攻もちがうから、おたがい遠慮のない口をきく。

「この版木は骨董屋の坪内から預かった。売れ口を紹介してくれと頼まれたんや」

「浮世絵はともかく、版木はそうそう売れんやろ」

版木を額に入れて鑑賞する好事家《こうずか》はいないと、森脇はいう。

「坪内は研究材料として売るつもりや。大学とか美術館に」

風呂敷包みを解いた。「うちの図書館や資料室が欲しがるかな」

「如斎の浮世絵は数が少ないやろ」

「大首絵ばっかり、十三作や」

「如斎は上方の絵師やし、ひょっとしたら買うかもしれんな」

「坪内の言い値は百万や」

「あほいえ」

森脇は笑った。「この経費削減の時代に、百万もの予算がおりるわけない」

昨年度、総美大美術学部の所蔵品購入費は二百八十万円だったという。

森脇は墨板を出して指でなぞった。そこだけ埃がとれる。

「これはなんや、役者絵か」

「らしいな」

「誰や」

「知らん」

「名前ぐらい調べろや」

森脇は立って、デスクの抽斗《ひきだし》からスタンプと便箋を出してきた。墨板の一部にスタンプを押しつけ、便箋をあてて裏から拳で擦る。《仲村弥三郎《なかむらやさぶろう》》という役者名が薄く写しとられた。

「桃燕堂如斎の『仲村弥三郎』。図書館に資料があるかもしれん」

「よし、行ってみる」

澤井は研究室を出た。

本館三階の図書館で桃燕堂如斎を検索し、『浮世絵大全Ⅲ　上方編』『浮世絵の伝統と継承』の二冊を抱えて閲覧室に入った。
《上方の浮世絵――出版文化は上方において発展し、浮世草子、絵本など、様々な版本が出版されていた。その技術が江戸にもたらされて浮世絵版画が誕生するのであるが、浮世絵は別名江戸絵と呼ばれたように、江戸独特の文化であった。高度な技術を有しながら上方において一枚物が制作されなかった理由としては、絵画の鑑賞、特に美人画の鑑賞は肉筆画によるものとされていたことが大きいと考えられている。逆に浮世絵の影響を受け、寛政にいたってようやく上方でも役者絵の出版が始められるのであるが、江戸の役者絵とは特徴を異にしていた。江戸の浮世絵師は役者を美化して描くことが多かったのに対し、上方役者絵は出発点が戯画的な版本にあったため、役者の表情には冷徹な観察眼による諧謔味《かいぎゃくみ》と誇張が加えられており、上方独特のあくの強さを感じさせるの

である》

《桃燕堂如斎――大坂の絵師。生没年不詳。寛政後期、役者絵に筆を執る。作例としてはわずかに錦絵十三図、役者大首絵のみが知られ、やや大袈裟で誇張の効いた似顔は役者の芸質までも見すえた冷徹な観察眼が共通するとして東洲斎写楽と対比されることが多いが、写楽風の警抜さのみならず、豊国、国政風の美しさ、飄逸《ひょういつ》さも覗かせて、その伎倆は秀逸であり、遺存する作例の少ないことが惜しまれる。その制作期が約四年と短いのは版元との確執が生じたか、他の事情によって絵筆を折ったものと考えられる》

坪内のいっていたとおり、如斎の錦絵は十三図があり、その中に『仲村弥三郎』はなかった。

澤井は森脇の携帯に電話をかけ、もう一枚の墨板の役者名を調べてくれと頼んだ。折り返し電話があり、『吾妻亀次郎《あづまかめじろう》』と、森脇はいった。

逸《はや》る気持ちで如斎の作例を調べた。『吾妻亀次郎』もない。如斎の『仲村弥三郎』と『吾妻亀次郎』は摺られた絵が現存していないのだ。

新発見や――。胸が高鳴った。江戸時代中期から二百年の時を経て、桃燕堂如斎の〝新作〟を掘り起こしたのだ。

澤井は図書館を出て研究室にもどった。どうやった、と森脇が訊く。

「二作とも記録に載ってた。枚数はけっこう残ってるみたいやな」

新発見とはいわない。大した値打ちはないと思わせたかった。

「小腹が減った。学食でも行くか」森脇はいう。

「いや、帰る。洛鷹に寄らなあかんのや」

風呂敷包みを提げて大学をあとにした。


嵐山堂ノ前町、洛鷹美術館――。河嶋《かわしま》は館長室にいた。

「ちょっと相談があるんやけど、いいですか」

「うん、なんや」河嶋は奥のデスクでパイプをくゆらしていた。

「浮世絵の版木を預かったんです」

部屋に入り、十枚の版木を出してテーブルに並べた。河嶋は立って、そばに来た。

「その真っ黒けのが墨板か」腕組みをしてパイプを片手に持ち、版木を見おろす。

「墨板、二枚。あとは色板です」

「誰からあずかった」

「骨董屋の坪内が総美大に持ってきたんです」

「ああ、あいつか」

河嶋はつぶやいた。その口ぶりで坪内をどう思っているかが分かる。

「絵師は」

「桃燕堂如斎です」

「そら珍しいな」

「調べてみたら、この版木で摺った絵はないんです」

役者名をいい、記録がないといった。「色板もみんな揃てるようやし、坪内は美術館とか大学に売りたいみたいです」

「それはつまり、うちに買い取れということか」

「ま、そうですね」

河嶋と澤井は高辻西洞院町のマンションに同居しているが、美術館では上司と部下になる。言葉もあらためるのがルールだ。

河嶋は版木を見つめたまま、しばらく考えて、

「坪内に値を訊いたんか」低く、いった。

「百万というてます」

「浮世絵の版木が百万というのはどうなんや。妥当な値か」

「坪内は吹っかけてます。交渉次第で四、五十万にはなると思います」

浮世絵の版木に高い市場価値はない。あるのは学術的価値だ。それに坪内は版木の役

者名すら知らない。

「新発見の版木が四、五十万なら安いか」河嶋はパイプを吸い、けむりを吐く。

「購入しますか。如斎の版木」

「その前に相場を知りたいな。如斎の浮世絵の」

「調べてみます」

「坪内にはいつ返事をするんや」

「いつとも聞いてません」

「いちおう、五十万。それぐらいやったら買《こ》うといてもええやろ」

河嶋は大して興味を示さなかった。洛鷹美術館には浮世絵のコレクションがなく、浮世絵展を開催したこともないのだから当然だろう。

「五時やな……」

河嶋は壁の時計を見た。「雨は」

「やんでます」

「そろそろ出る。今日は会食や」

「どこです」

「祇園の『芙《ふ》蓉菜館《ようさいかん》』。仏教会の偉いさんに招ばれた。坊さんは精力があり余ってるし、三時、四時まで平気で飲む。つきあいも大変や」

東山の某名刹《めいさつ》の管長は愛人ふたりにそれぞれ店をやらせているから、石塀小路と富永町をまわらないといけない、と河嶋は笑った。

澤井はピンときた。河嶋は朝帰りするつもりだ。先々週の土曜日も明け方に帰ってきて、風呂も入らずに寝室へ行った。

河嶋は最近、こまめに髪を染めている。髭の手入れも怠りないのは、男ができたにちがいない。澤井もたまにつまみ食いをするから、とやかくいえる筋合いではないが、分かりすぎるのはパートナーに失礼だろう。こんな風采のあがらない爺さんがモテるはずはないから、木屋町あたりの〝売リセンバー〟に出入りしているのかもしれないが、それもまたいまいましい。つまらん言い訳せんと黙って遊べや——。澤井は胸のうちで吐き捨てた。

版木を持って学芸室に入ると、事務の竹内《たけうち》が帰り支度をしていた。包みに目をやって、重そうですね、という。

「版木ですわ、浮世絵の」

「そんな大きなもので浮世絵を摺るんですか」

「大判の錦絵は縦幅が十三寸です」横幅は九寸だ。

「松とか檜の板ですか」

「針葉樹は木目が粗いからあかんでしょ。版木には桜を使うみたいです」

「ソメイヨシノ？」

「さぁ、どうやろ。ぼくはよう知らんのです」

「小学生のころ、敦賀のお爺さんの家に行ったら、離れの屏風に浮世絵をいっぱい貼ってました。蔵のある広い家。取り壊したんです。屏風をもらって帰って浮世絵を剝がしたらよかったのに、もったいないでしょ」

どうでもいいことをよく喋る。相手にしていたらきりがないから、澤井は口をつぐんだ。竹内は真っ赤な花柄のスカーフをブラウスの襟にかけ、サンダルをウォーキングシューズに履き替えて帰っていった。

澤井はデスクに座り、アドレス帳を繰って神戸文教大に電話をかけた。湯浅は学内にいて、研究室に切り替わった。

──はい、湯浅です。

──御無沙汰してます。洛鷹美術館の澤井と申します。

──あ、どうも。お久しぶりです。

湯浅は澤井を憶えていたようだ。パーティー会場で少し立ち話をし、名刺を交換しただけなのに。

──不躾ながら、先生にお願いがあります。浮世絵の版木を見ていただいて、ご意見をお聞かせ願えないでしょうか。

――誰の版木ですか。

――如斎です。

――桃燕堂如斎ですか。

息をのむ気配がした。

――墨板二枚、色板八枚。大首絵です。

役者名など、あらましを伝えた。

――それは是非、拝見したい。いつ見られますか。

――明日はいかがでしょう。

――はい、けっこうです。昼から空いてます。

――じゃ、大学へ参ります。

簡単に決まった。明日午後一時、研究室へ行く。

3

挨拶もそこそこに、湯浅は版木を見たいといった。墨板二枚をデスクに置いてライトをあて、顔を近づけて食い入るように見る。澤井はそばに立って待っていた。

「――いい版木です」

湯浅は振り返った。「目立つ瑕《きず》や欠けはありません。毛彫りもきれいに残っているようです」墨板は墨に染まっているので朽《く》ちにくいという。

「如斎にまちがいないですか」

「如斎でしょう」

湯浅はうなずいて、「二作とも眼と口もとの表現に如斎の特徴があります」

眉が細く、眼はぎょろっとして瞳が小さい。頬骨が張り、口は半開きで歯を描く。写楽より似顔の要素が強いが、軽妙洒脱な感覚がある、といった。

「この版木は桜ですよね」

「そう、山桜です」

桜は材が均質で彫りと摺りに適度な堅さがあり、年輪を経たものはある程度の幅も得られるため、錦絵の版木に適していた。桜の板は高価で一作の絵に使われる枚数も限られていたから、髪や顔などの精緻な彫りを要求される〝頭彫《かしらぼ》り〟は職人の親方が担当し、身体や着物の柄などは弟子が彫ることが多かった、と湯浅はつづけた。

「何枚くらい摺ったんですか、この版木で」

「さぁ……、難しい質問ですね」

湯浅は少し考えて、「磨耗が少ないから、そう多くは摺ってないと思います」

「百枚単位ですか」

「枚数はまちまちです。一万枚も摺った版木もあれば、千枚にとどかなかった版木もあります。浮世絵の摺りのよしあしが問われるようになったのは、浮世絵が芸術作品として鑑賞されるようになった近年のことです」

版木の状態がよい初摺《しょずり》の作品と、枚数を摺った後摺《あとずり》の作品では仕上がりに明確な差が生じる。浮世絵の版行当時は摺りへのこだわりがさほどなかったようで、様々なコンディションの絵が売られていた。また、追加注文になると作品は絵師の手を離れ、摺師の一存で摺られたため、初摺と後摺では色が変わることもあった——と、湯浅はいった。

「仲村弥三郎と吾妻亀次郎の作例が発見されていないことを考えると、摺り枚数はおそらく数百枚でしょう」

「如斎の版木はほかにもあるんですか」

「ぼくは知りません。如斎クラスの絵師の版木が発見されたときはニュースになります」

「北斎の版木が見つかりましたよね。ボストン美術館で」

「五百二十七枚です。絵本三部作、『隅田川両岸一覧』『東都勝景一覧』『東遊《あずまあそび》』の版木です」

それらは現代の摺師によって再摺りされ、昭和六十二年に各限定百五十部で出版されたという。「国芳や広重の版木も出ました。平成十九年、富山県内の旧家の蔵から三百七十三枚の版木が発見され、うち三百六十八点を国立歴史民俗博物館が購入しました」

「歴博はいくらで購入したんですかね」

「分かりません」湯浅はあっさり首を振る。

「だいたいの目安でも……」

「国の博物館が税金で購入する版木に、そう高い値はつけられないでしょう」

「国芳や広重の版木三百六十八枚、もし神戸文教大が購入するとしたら、どれくらいですか」

　しつこく訊いた。湯浅は窓に眼をやって、

「――墨板が一枚四万円。色板が一万円といったところですか。いくら精緻に彫ってあっても、版木は本来、浮世絵を制作するための道具であり、消耗品ですから」

「版木はそんなに値打ちのないもんですか」

「国芳や北斎は作例が多い。国芳は生涯に数千点、長命の北斎は三万点以上の作品を描いたといわれてます」

「じゃ、如斎はどうですか。たった十三図しか作品が知られてません」

「如斎は別格です。ある意味では上方最高の絵師です。この版木は大発見ですよ」

　湯浅はひとりうなずいて、墨板に視線をもどした。

「上方最高というのは」澤井は訊いた。

「写実性、独創性です。写楽、如斎以前に、これほどまで対象人物の本質に迫った絵師はいません」

「しかし、如斎は写楽ほど有名ではない……」

「作例が少なすぎるからです。写楽は活動期間こそ十カ月と短いものの百四十余図を残した。対するに如斎は十三図です」

「如斎が写楽の影響を受けた可能性は」

「そんな説を唱える研究者も稀にいますが、わたしはとりません。如斎の活動は寛政八年から十一年の約四年間だから、寛政六年から七年にかけて出された写楽の錦絵が江戸から大坂に来て、如斎が眼にした可能性もなくはないが、両者の絵は別物です。写楽も如斎も大首絵の似顔を描こうとして、結果的に作風が似たと、わたしは考えます」

写楽は顔に比べて手の表現が稚拙、如斎は指までしっかり描けているという。「写楽は研究が進んで、阿波蜂須賀藩《あわはちすか》お抱えの能役者、斎藤十郎兵衛《さいとうじゆうろべえ》だという説がほぼ定着しましたが、如斎の正体は不明です。師は分からないし、弟子もいません」

十三図の版元は『梅寿堂冨岡五兵衛《ばいじゆどうとみおかごへえ》』といい、五兵衛の本業は千日前の芝居小屋『若富座《わかとみざ》』の座主だった。五兵衛は歌舞伎狂言興行の宣伝材料として如斎の役者絵を制作し、客に配付、販売した──。「一説に如斎の正体は座付狂言作者の中山幸助《なかやまこうすけ》ともいわれますが、絵は明らかに習練を積んだプロのもので、素人の余技とは思えません。……つまるところ、桃燕堂如斎は桃燕堂如斎であり、何者かを求めるのは意味のないことかもしれません」

「如斎はなんで、四年で筆を折ったんですか」

「たぶん、写楽と同じでしょう。際立った異能ゆえに飽きられた」

「売れ行きが落ちて、版元に切られたんですね」

「というか、五兵衛が出版から手をひきました。寛政十一年以降、梅寿堂の浮世絵は見られず、如斎の名もぷっつり消えました」

冨岡五兵衛は文化二年に亡くなり、若富座も人手に渡った。その跡地は国立文楽劇場の北隣だと湯浅はいう。さすが研究者は該博《がいはく》だと、澤井は舌を巻いた。

「仲村弥三郎と吾妻亀次郎は若富座に出てたんですか」椅子を引き寄せて座った。

「記録を調べました。仲村弥三郎と吾妻亀次郎は実在します。中堅どころの役者です」

「普通は名題《なだい》の役者をとりあげるのとちがうんですか」

「そこが如斎たる所以でしょう。誰もが知っている役者は描きたくなかった」

「版元は嫌がったでしょうね」

「案外、版元が描かせたのかもしれません。五兵衛は自分でも狂言を書く粋人でしたから」冨岡五兵衛作の歌舞伎狂言は三本ある。どれも当時の心中や遊里の痴話騒動に材をとった世話物で興趣に乏しく、興行にかけられたのは一度きりだと、湯浅は付け加えた。

「如斎が腕の立つ絵師であったというのは分かりました」

澤井はいった。「――五兵衛が出版をやめたから如斎も筆を折ったというのは、やっぱり、座付狂言作者やったからとちがうんですか」

「おっしゃるとおり、そこが如斎イコール中山幸助説の論拠です」

湯浅はうなずいた。「しかしながら、如斎より少しあと、享和から文化にかけて、如斎の追随者と思われるような絵師が上方に輩出しました。それこそ、雨後の筍のように。翠好亭栄雅《すいこうていえいが》、翠好亭栄松《えいしょう》、桂硯月《かつらけんげつ》……。如斎流の大首絵を描いて世に問いましたが、人気を博すことはなかった。異能はやはり、町人文化爛熟期の徒花《あだばな》だったんです」

「如斎が翠好亭に改名して、似顔を描きつづけたとは考えられませんか」

「栄雅や硯月はれっきとした絵師です。絵も巧い。如斎とは別人です」

如斎は大坂を離れて地方へ流れたのかもしれない。江戸へ行き、新たな版元のもとで筆をとったのかもしれない。あるいは病を得て亡くなったのかもしれない。桃燕堂如斎の生没年は不明であり、彼がなにものであったにせよ、その足跡をたどることは不可能だと、湯浅はいった。

ほかに訊くことはないか、と澤井は考えた。ない――。如斎のプロフィールは分かった。

澤井は脚を揃え、膝に手を置いた。

「失礼なことをお訊きしますけど、先生は、この版木を購入するお考えは……」

「あります。もちろん」大学資料館に購入を申請するという。

「版木の所有者は洛鷹美術館に出入りしてる古美術商です」

「そうですか」

「実は、一揃い百万円、二揃い百八十万円で購入してくれといわれてます」

ふっかけた。神戸文教大が百八十万円で購入すれば、澤井には三十六万円が入る。

「洛鷹美術館はどう判断したんですか」

「その判断がむずかしいから、先生にご意見をお訊きしたいんです」

「二揃いで百八十万円……。いくら如斎でも高すぎます」

「先生のお考えでは」

「墨板が三十万円、色板が二万円ですか」

墨板二枚で六十万、色板八枚で十六万円――。七十六万円は河嶋がいった五十万円より高いが、澤井の取り分は十五万二千円だ。

あかん、あかん、そんなもんは呑めん――。

上方最高の絵師の版木が、それも新作が二作分も揃って七十六万円はない。

湯浅は研究者だ。浮世絵のコレクターではない。湯浅を相手に値を吊りあげるような真似はできない。

「ありがとうございました。先生にお聞きした予算で交渉してみます」

頭をさげた。湯浅は拍子抜けしたように澤井を見る。

澤井は版木を風呂敷に包んだ。湯浅は黙って澤井を見送った。

4

阪急御影《みかげ》駅へ歩きながら電話をした。すぐにつながった。

――はい、世良《せら》です。

――洛鷹美術館の澤井です。

――ああ、どうも。お元気ですか。

――ぼちぼちやってます。いま、いいですか。

――はいはい、どうぞ。なんでしょう。

世良はいつも愛想がいい。澤井が四条河原町の『リノシエ』でキュレーターをしていたころ、世良の木版画を扱ったからかもしれないが。

――世良さん、お仕事はどうですか。

――はいはい、制作してますよ。作品もたくさんたまってます。

春の創匠展に若狭の海を描いた木版画が入選したと、世良はいった。創匠会は木版画やエッチング、リトグラフ、シルクスクリーンなど版画を主体とする美術団体で、毎年、春と秋に上野の美術館で公募展を開催する。世良は創匠展に入選はするが入賞歴がなく、六十歳をすぎていまだに会員になれないでいる。

——いま、御影にいるんですけど、世良さんにお会いして頼みたいことがあるんです。

——電話なんかせんでも、直に来はったらよろしいねん。

——世良さんは写生旅行に出られることが多いから電話しました。

追従《ついしょう》でいった。売れない木版画家の世良に写生旅行をするような余裕はない。

——澤井さん、車ですか。

——電車です。阪急御影。

——それやったら、塚口駅で降りてバスに乗ってください。

小浜というバス停で待っていると世良はいい、道順を説明した。

版木が重い。塚口駅からタクシーに乗りたかったが、バスに乗った。いつのまにか眠り込んで、ハッと気づいたときは《久坂口》という停留所だった。小浜はすぎましたか——。運転手に訊くと、次の停留所だといった。

世良は県道沿いのバス停で待っていた。色褪《あ》せた紺のポロシャツに膝の抜けただぶだぶのジーンズ、ビーチサンダルを履いている。足の爪が灰色に濁っているのは水虫らしい。

「すみません。待ちはったでしょ」

「いやいや、さっき来たとこです」

世良はにこやかにいった。坊主頭に白い口髭と顎髭が妙に似合っている。

「世良さんのアトリエ、初めてですね」

「びっくりせんようにね。ネズミの巣みたいやし」

世良は澤井の風呂敷包みに眼をやった。「なんです、それ」

「浮世絵の版木です」

「えらいたいそうな版木ですな」

「十枚あります」

「へーえ、十枚もね」

世良は先に立って歩く。生鮮スーパーの角を曲がって細い道を行き、市営団地に入った。煤けた建物が三棟、並んでいる。

「四階ですねん。エレベーターなし。今年の十一月で入居二十年ですわ」

世良は階段をあがり、外廊下を歩く。408号室の鉄扉に鍵を挿して開けた。

「ま、どうぞ。狭苦しいとこですけど」

「失礼します」玄関に入り、靴を脱いだ。

ダイニングの隣、アトリエに通された。左右のスチール棚に段ボール箱や木版画の板材が堆《うずたか》く積みあげられ、作業机のまわりに道具箱、彫刻刀、絵具皿、刷毛《はけ》、摺りかけの版画などが無造作に置かれていた。

「これでも六畳ですわ。座布団に座ったまま、たいていのものに手がとどきますねん」

「アトリエや工房は使い勝手がいいのがいちばんですよ」

部屋は薄暗い。ベランダの掃き出し窓は半分が棚に隠れている。

「いま、なにを制作してはるんですか」興味はないが、訊いた。

「港です。甲子園浜から見た西宮港の風景」自転車にイーゼルを積んで浜に通ったという。

世良の作品は風景画だけだ。写真をそのまま木版にしたようで、下手ではないが個性に乏しく、印象が薄い。『リノシエ』での売れ行きも芳しくなかった。

「コーヒーでも淹れたいんやけど、よめはんがいてませんのや。発泡酒でよろしいか」

「ありがとうございます」

世良の妻は看護師だ。世良は以前、若いころから家に生活費を入れたことはない、と当然のようにいっていた。

世良はアトリエを出ていった。澤井は籐のカーペットに座り、版木を出して並べる。

世良は盆に発泡酒とグラス、ピーナッツの皿を載せてもどってきた。

「ほう、これが浮世絵の版木ですか。触るのは初めてですな」

世良は盆を置き、座布団に胡座をかいた。

「この版木で浮世絵を摺れますか」

「そら摺れますやろ。木版画なんやから」

世良は墨板に掌をあて、指でなぞる。「彫りが深い。エッジも立ってますわ」

「色板はどうですか」

「四枚ですな」

世良は色板を見る。「着物は茶、裃《かみしも》は黄、背景と月代《さかやき》は青、扇子と襟と唇と眼の縁は赤か……。ぼかしや重ね摺りもしてるみたいやけど、技法的には簡単ですわ」

「絵具はありますか。浮世絵が摺られたころの絵具です」

「茶色は鬱金《うこん》、黄色は雌黄《しおう》、青色は藍、赤色は紅殻《べんがら》とか朱でいけますやろ」

「それで当時の色が再現できますか」

「再現というよりは、いまの絵具のほうが発色がええし、鮮やかです」

世良は発泡酒のプルタブを引き、グラスに注いだ。「ま、どうぞ」

「いただきます」グラスに口をつけた。よく冷えている。

「浮世絵を摺ってどうしますねん」世良も発泡酒を飲む。

「ぼくはこの版木で桃燕堂如斎を復刻したいんです」

「桃燕堂如斎……。聞いたことがありますな」

「この役者絵の絵師です」

「わしが摺った浮世絵を売りますんか」

「協力してもらえますか」

「そら澤井さんの頼みやったらやりますけど、ややこしいことはないんでしょうな」

「この版木はぼくのもんです。それに、二百年前の絵師に著作権はありません」

「なるほどね」

世良はピーナツをつまんだ。「やらしてもらいますわ」

「じゃ、試しに摺ってもらえませんか」

「いまですか」

「そう、いまです」

「なんや、急な仕事ですな」

世良はグラスを片手に作業机の前に腰をすえた。

世良は礬水《どうさ》をひいた二枚の奉書紙を二つ切りにした。水を含ませた刷毛で四枚の紙を湿らせる。そうして、墨板を取りあげた。

「これ、墨をつけてもええんですな」

「けっこうです」

「本式の浮世絵の摺りはビデオでしか見たことがないけどね……」

独りごちるようにいいながら、世良は墨板を濡れた布で拭いた。布に薄く墨が移る。寛政の版木が艶をとりもどした。

世良は墨汁を絵皿にとり、墨板に垂らしてブラシで伸ばした。板の〝見当〟に合わせて湿った紙を置き、裏からバレンを強く押しつけるようにして摺っていく。紙をゆっくり剝がすと、『仲村弥三郎』が現れた。

「なんか、不細工なやつですな。歌舞伎役者のくせに」

「そこが如斎の特徴です」笑ってしまった。

「上出来ですわ。自分でいうのもなんやけど、きれいに摺れてる」

紙をスタンドの明かりにかざして、世良は満足気にうなずいた。

世良は墨板でもう一枚、墨絵を摺った。二枚とも墨色が濃く、髪の生え際、毛彫りの部分もくっきりしている。もっと摺りましょか、と世良はいったが、澤井は首を振った。

世良は次に色板を机に置いた。茶色の絵具を皿に入れて少量の糊と水を加え、筆で混ぜる。毛足の短い刷毛で色板に絵具を伸ばし、見当に合わせて紙をあて、バレンで摺る。

「木版画はね、絵具を紙にのせるんやのうて、こうして紙の中に摺り込むんですわ。せやから、指で擦っても色がとれたりせんのです」

「力仕事ですね」

「十枚も摺ったら腕が痺れますわ」

世良は二時間をかけて『弥三郎』二枚、『亀次郎』二枚の錦絵を摺りあげた。

5

七月九日——。十時すぎに目覚めた。ミルクがベッドの足もとで丸くなっている。片耳を立てて澤井に向けた。

「ミル、起きろ。お腹空いたやろ」

ベッドを降りて寝室を出た。ミルクがついてくる。ダイニングへ行き、缶詰のキャットフードを開けて皿に入れた。

ミルクは河嶋の猫だ。澤井がこのマンションに越してきたときからここにいる。河嶋は気が向いたときだけミルクの相手をして、ろくに世話をしないから、ミルクは澤井に懐《なつ》いた。ミルクはほとんど鳴くことがなく、いつも澤井の眼のとどくところにいる。

「ミル、おれはお出かけするからな。今日は商談をするんや」

パンを焼き、卵を茹でた。トマトを切り、レタスをちぎる。コーヒーを淹れ、新聞を読んだ。マンションを出たのは十一時だった。

デイパックを背負い、クロスバイクに乗って四条河原町まで走った。『リノシエ』の前にバイクをとめてチェーンをかける。ギャラリーにパートの女の子がいた。

「こんちは。会長は」

「画廊です」

リノシエは一階を〝ギャラリー〟と呼んで現代作家の小品やオブジェを展示販売し、二階を〝画廊〟と呼んで個展やグループ展を企画している。明治初年の創業当時は『和泉屋《いずみや》』という小間物屋だったが、昭和四十年、五階建のビルに建て替えたのを機に社名も変えて『リノシエ』というアートショップになった。澤井は京都芸大を卒業後、十年間、画廊でフリーのキュレーターをしていた。

画廊にあがると、和泉はソファにもたれて眼をつむっていた。しばらく見ないうちに、こめかみに白いものが増えている。

足音に気づいたのか、和泉は顔をあげた。

「このごろ、眠とうてな。じっとしてたら寝てしまうんや」縁なしの眼鏡をとり、目頭を押す。

「忙しいしてはるからですわ。休みの日もゴルフでしょ」

「酒とゴルフの誘いは断らんことにしてる」

和泉は日に灼けている。左の手だけが白い。細かなペイズリー柄を織り込んだシルクのオープンシャツに生成りのリネンパンツ、齢は七十に近いだろう。

「で、なんや。話というのは」

「これ、見てください」

ソファに座り、デイパックから紙筒を出した。蓋をとり、巻いた二枚の浮世絵を出して大理石のテーブルに広げる。

「大首絵やな。写楽か。……いや、ちがうな」

和泉は役者の顔から右下の落款と印章に視線をやって、「桃燕堂如斎か……」

「版木を手に入れたんです。仲村弥三郎と吾妻亀次郎。摺師に摺ってもらいました」

世良には紙代、絵具代として二万円を渡した。不満そうだったが。「——如斎の錦絵は十三作が知られてますけど、〝弥三郎〟と〝亀次郎〟はありません。新発見です」

「そら大したもんや。どうやって手に入れた」

「知り合いの骨董屋が持ってきたんです。版木が十枚、茶道具や豊国の浮世絵に混じって、摂津の旧家にあったそうです」

「如斎の版木が二作揃うて摂津で見つかったか……。新聞や美術雑誌が飛びつくぞ」

「神戸文教大の湯浅教授に版木を見せたんです。如斎にまちがいない、といいました」

「経緯は分かった。それで、君はこの絵をどうするつもりなんや」

和泉はソファに片肘をつけて脚を組んだ。

「版木の発見を公表して、復刻した錦絵を売りたいんです」

「君が売るんか」

「美術館の学芸員が商品を売るわけにはいきません。会長に公表と販売をお願いしたいんです」

「リノシエがプロデュースするということか」

「おっしゃるとおりです」

頭をさげた。和泉はウンともイヤともいわず、澤井の眼を見て、

「版木は君が買うたんやな」

「そう、ぼくが買いました」

「いくらやった」

「それは、ちょっと……」値段はいえない。これから坪内と交渉するのだから。

「復刻した絵をいくらで売りたいんや」

「そこを会長にお訊ねしたいと思て来たんです」

「北斎や写楽クラスの復刻木版画で十万前後……」

和泉は少し間をおいた。「如斎の新作となると安い値はつけられんな」

「二十万円ですか」

「摺り部数にもよる。限定百部なら二十万。二百部なら十五万か」

「売れますかね」

「売れるやろ」

和泉はうなずいた。「ただし、版木の発見を新聞、雑誌に取りあげてもらわなあかん。大々的にな」

「お願いします。会長の顔で」

「摂津の旧家はなんというんや」

「館野家です」

「版木発見を公表するには由来、伝来が要る。館野の家に如斎の版木が残った伝来や。確認してくれ」

「分かりました」

「お墨付きが要るな。湯浅教授の」

「頼んだら、鑑定書とか書いてくれると思います」

「この絵を摺ったんは」

「世良功一《こういち》です。木版画家の」

「あんなやつはあかん。ちゃんとした名のある摺師に頼むんや」

和泉はハンカチでレンズを拭い、眼鏡をかけた。「摺り部数はわしに任してくれ。君の印税は十パーセントでええか」

「それは摺り部数に対してですか。売上部数に対してですか」

「摺り部数や」

「けっこうです」十パーセントは妥当だ。

「週明けに版木をくれ。摺師に見せる」

あれよあれよと話は決まった。和泉は決断が早い。老人特有の気の短さともいえるが。

澤井はあらためて和泉に礼をいい、ディパックを提げてギャラリーに降りた。

限定百部で二千万、二百部で三千万。その十パーセントは二百万か三百万――。あとは坪内を丸め込むだけだ。

坪内に電話をした。

――澤井です。版木の売れ口を見つけました。

――ほう、そうですか。

――洛鷹美術館が五十万円で買います。

――そらセンセ、安すぎますわ。

――富山で見つかった国芳の版木、いくらやったか知ってますか。

――知りませんな。

——墨板が四万円。色板が一万円です。

——ほんまですかいな。

——如斎は珍しいし、上方の絵師やから、五十万は特例です。

——センセ、ほかにもあたってくれたんですか。

——京都総美大、神戸文教大、嵯峨文華館、遠山資料館、どこも三、四十万です。

——洛鷹美術館はセンセが行ってはるとこや。せめて七十にはならんのですか。

——坪内さん、洛鷹に来て交渉しますか。

——いや、美術館は敷居が高いしね……。

値段の交渉は自分でするといっておきながら、その気はないようだ。

——学芸部長ともういっぺんだけ話をしてみるけど、あんまりゴリ押ししたら流れます。五十五万ならよろしいか。

——しかたおませんな。ほな、五十五万で。

——坪内さん、いまどこです。

——家ですわ。亀岡の。

——これから洛鷹に行って、また電話します。

——すんませんな。よろしゅう頼みます。

電話は切れた。澤井はクロスバイクのチェーンを外した。

テイクアウトのカレーライスを買って部屋に帰り、瓶詰のピクルスを開けた。ピクルスは河嶋がもらった中元だ。カレーとピクルスは相性がいい。

頃合いをみて、坪内に電話をかけた。

――澤井です。五十五万円、ＯＫです。

――どうも、お疲れさんでした。

――これから、そちらへ行きます。領収書を用意しておいてください。

坪内の名刺をポケットに入れて部屋を出た。エレベーターで地階駐車場に降りる。河嶋のアウディに乗った。

東丸太町の銀行に寄って五十万円を引き出し、坪内の固定電話をナビに登録して、九号線を西へ走った。亀岡は京都のベッドタウンだが、けっこう距離がある。古世町《こせちょう》に着いたのは四時前だった。

坪内に電話をして道案内を頼み、『あざみの里』という分譲地に入った。ログハウス風のこぢんまりした家が並んでいる。

山の麓、赤いスペイン瓦の家の前に車を駐めた。坪内が出てきて手をあげる。澤井は車を降りた。

「えらい田舎ですやろ」坪内がいう。

「涼しいですね」緑の匂いがする。

「夏はええんやけど、冬が寒い。この坂道が凍結しますねん」

「いつ、来はったんです」

「九八年ですわ。倉庫代わりになる家を探してててね。……ま、どうぞ」

家に入った。玄関土間の左は板敷きで、天井の低い二十畳ほどのスペースに茶簞笥や車簞笥、座卓、文机、水屋、蠅帳《はいちょう》といった和物の家具が置かれ、壁際の棚には壺や甕《かめ》、花瓶、水指《みずさし》、皿などのやきものが並んでいた。

「在庫がたまるばっかりですわ。仕入値を切って売るわけにもいかんしね」

「どこか町中に店を借りたらどうですか」

「そらあきませんわ。いまどきそんなことしたら、家賃で干上がります」

坪内は奥の部屋に通そうともしない。早く金を寄越せ、といった顔だ。

「これ、版木の代金です」

銀行の封筒を出した。「四十四万円です」

「四十四万……？」

「ぼくの手数料を引いた残りです。二割をもらえる約束でしたよね」

「ああ、そうでしたな」

坪内は封筒を受けとり、札を数えた。「――確かに」

「じゃ、領収書を」

「日付は」

「今日で」

坪内は奥の部屋に入って領収書を持ってきた。《洛鷹美術館様　一金伍拾伍萬圓也　浮世絵版木一式として》とあり、収入印紙に割印も捺してあった。

「わし、澤井センセと知り合いでよかった」

坪内はいう。「我々の業界は仲間に品物を預けたり預かったりすることが多いけど、正直、こんな早ように捌《さば》けるとは思てなかった。また機会があったら、よろしゅう頼みますわ」

「いつでもいうてください。お手伝いできることはやります」

「この近くに美味い山菜料理を出す店があるんやけど、行ってみますか」

「またにしますわ。車で来たし」

こんな男につきあいたくない。山菜料理も嫌いだ。澤井は玄関を出た。

6

月曜日――。朝、和泉に版木をとどけた。和泉は摺師を段取りしたといい、美術年報社の阿部《あべ》を連れて摂津へ行ってくれ、といった。阿部は『美術年報』の記者兼編集者で、澤井も知っている。澤井は阿部と連絡をとり、三時に阪急正雀《しょうじゃく》駅で会うことにした。

阿部は東出口で待っていた。薄茶のコットンジャケットにチノパンツ、あずき色のハンチングをかぶっている。

「すみません、いきなり呼び出して」

「いえ、仕事ですから」阿部は足もとに置いていたデイパックを肩にかけた。

摂津市役所まで歩いた。市民課で館野家の所在を訊く。戦前まで醬油の醸造をしていたというと、地元では知られているらしく、すぐに分かった。館野家は『ラポール鳥飼』というマンションのオーナーだった。

タクシーで鳥飼本町へ行った。新幹線車両基地の東、バス通りに近い八階建のマンションが『ラポール鳥飼』だった。澤井はマンションに隣接する築地塀《ついじべい》の邸の前でタクシーを降り、冠木門《かぶきもん》のインターホンを押した。

――はい、館野でございます。

――京都の洛鷹美術館の澤井と申します。美術商の坪内さんに聞いて参りました。

インターホンのレンズに向けて頭をさげた。

――どんなご用件でしょうか。

——まことに不躾ですが、先日、古美術商の坪内さんが引きとりました美術品に関してお訊ねしたいことがあります。少しお時間をいただけませんか。

これ以上ないほど丁寧な口調でいった。阿部も隣で畏《かしこ》まっている。

——お待ちください。

インターホンは切れた。

「あの蔵がそうですね」

阿部が指さした。塀越しに漆喰《しっくい》を塗り込めた蔵が見える。「ベテランの骨董商は家の佇まいを見るだけで、所蔵品の良し悪しが分かるそうじゃないですか」

「坪内さんは、掘り出し物はなかったというてましたけどね」

「如斎の版木は掘り出し物でしょう」

「確かにね」坪内はその値打ちに気づかなかったのだ。

足音が近づいて、潜り戸が開いた。赤いセルフレームの眼鏡をかけた小柄な女性だった。

「あいにく主人は出ておりまして、詳しいお話はできかねますが、わたしでよければ」

女性は潜り戸から出てきた。澤井と阿部は名刺を差し出した。

「学芸員と記者の方ですか」

「実は、おたくさまにあった浮世絵の版木の件で、取材をお願いしたいんです」

「版木とはどんなものでしょうか」

「浮世絵を摺るための原版です」

墨板と色板の形状を説明した。女性は小さく首を振り、そんな板はなかったといった。

「版木十枚。けっこう嵩があります」

「坪内さんに聞かれたんですか。うちにあったと」

「はい、蔵から出したそうです」

「坪内さんが来られたとき、わたしも蔵に入りました。お皿や掛軸の箱を庭に出して、主人が確かめて、それから坪内さんの車に積みました」

「浮世絵が三十枚あったんですよね」

「はい、浮世絵はありました。でも、黒い板や茶色の板はなかったです」

「蔵から出した品物は、浮世絵のほかに何点でした」

「二十個くらいでした。桐の箱に紐がかかっていて」

「その箱の中に版木が入ってたとは……」

「掛軸の箱は細長いし、お皿やお椀の箱もそう大きくはないです」

新聞半折り大の版木を収められる箱はなかったと、はっきりいった。

「三十枚の浮世絵は箱に入ってなかったんですか」

「布張りの厚紙に挟んでました。わたしが運びましたから、よく憶えてます」

「そうですか……」

これ以上訊いても無駄だと思った。版木は館野家の蔵から出たものではない。

澤井は女性に礼をいい、踵《きびす》を返した。


「坪内は嘘をついたんですか」阿部がいった。

「みたいですね」うなずいた。

「理由は」

「箔をつけたかったんでしょ。旧家の蔵から出た版木です、と」

地方の骨董屋やガラクタ市、廃品回収業者、解体業者からタダ同然で買ったのかもしれない。それも坪内の目利きだといえば、文句はつけられないが。「──いま思たら、坪内は出処《でどころ》を明かすのを渋ってました。多少は後ろめたい気持ちがあったんかもしれん」

「しかし、困りましたね。〝版木発見〟にはストーリーがないと」

「阿部さんは版木が見つかりそうな旧家を知りませんか」

「捏造ですか」

「いや……」

「和泉さんに報告しましょう。対策はそれからということで」

バス通りに出た。阿部はタクシーに手をあげた。

阪急正雀駅――。改札にあがったとき、携帯が鳴った。和泉だった。

――澤井です。

――どこにおるんや。

――摂津です。阿部さんもいっしょです。

――取材はできたか。

――できましたけど、坪内の話は嘘でした。版木は館野家から出たんとちがいます。

――こっちもややこしいことになってる。昼前に摺師が来て、版木を持って帰らしたんやけど、ついいましがた電話があった。この版木は危ない、と摺師がいうんや。

――墨板が欠けたんですか。

――そんなんやない。埋めがあるらしい。

――埋め？　どこか補修してるんですか。

――もひとつ事情が分からん。摺師のとこへ行ってくれ。

摺師の名は荻原鳳山《おぎわらほうざん》、工房は松尾大社近くの嵐山薬師下町《やくししたちょう》だという。

――阿部には黙っとけ。なにもいうな。

和泉は荻原の電話番号をいった。澤井は手帳に書きとって電話を切った。

桂駅で阿部と別れた。澤井は嵐山線に乗り換え、松尾大社駅で降りる。荻原に電話をして工房への道順を聞いた。

嵐山薬師下町は緑の多い閑静な住宅地だった。松尾山へなだらかな坂がつづいている。カイヅカイブキの生垣をめぐらせた軒の深い平屋に《おぎわら工房》と、表札がかかっていた。

澤井はインターホンを押した。玄関の格子戸が開き、藍染めの作務衣《さむえ》を着た六十年輩の男が現れた。

「初めまして。澤井と申します」リノシエのキュレーターだといった。

「荻原です。どうぞ」

玄関から裏へまわり、工房に通された。八畳の和室に緞通を敷き詰めている。障子のそばに手前が高く傾斜のついた幅四尺ほどの摺台が据えられ、両脇に絵具皿とバレンが整然と並んでいた。ものが溢れた世良のアトリエとはまるで雰囲気のちがう職人の仕事場だ。

「版木に埋めがあると聞きましたけど、摺りに支障をきたすんですか」

膝を揃えて座った。摺台に墨板が置かれている。

「版木の直しはそう珍しいもんやないんです。彫師の刀がすべることもあるし、摺りで細い線が欠けることもある。埋木をして彫り直しますんや」

荻原は墨板を手にとった。「けど、絵師の落款や役者の名前を直すのはまずいですな」

「どういうことです」

「摺師は摺りの前に版木をチェックせなあきません。古い版木はなおさらですわ。……ま、見てください」

拡大鏡を受けとった。《如斎画》の部分に顔を近づける。字のまわりに、ほんの微かだが、針で引っ掻いたような線が見えた。

「これが埋めですか」

「そうです」

荻原はうなずいて、「役者の名前もね」

澤井は《仲村弥三郎》を見た。同じように線がある。喉の奥から酸っぱいものがこみあげた。

「和泉さんにいうてください。この版木を摺るのはやめたほうがええ、と」

低く、荻原はいった。「どこの誰がこんな悪さをしたんか分からんけど、絵師の落款と役者の名前を短冊に削りとって、〝如斎〟と〝弥三郎〟を埋めたんですわ」

「………」

「彫りそのものは下手やない。役者の顔もよう描けてる。墨板から色板まで揃うてるのに、大した絵師の作やない……。そこでワルは考えたんですわ。この版木でひと儲けする方法はないかと」

「これがもし、名のない絵師の版木やったら、いくらぐらいですか」

「さぁね……。わしはそういうのに詳しいないけど、ええとこ十四、五万ですか」

「一作が十五万？」

「全部で十五万ですがな。版木十枚で」

吐き気がした。荻原の声が遠くなる。

湯浅の言葉が蘇った。──如斎より少しあと、享和から文化にかけて、如斎の追随者と思われるような絵師が上方に輩出しました。それこそ、雨後の筍のように──。

不二万丈

1

白井《しらい》は約束どおり三時に来た。会うのは初めてだが、その服装、物腰、目付き、口調でまともな人種ではないと、すぐに見当がついた。

「矢口《やぐち》さん、あんた、この商売始めて何年や」

コーヒーに砂糖とミルクを落とし、混ぜながら白井はいう。

「三十年になります。西天満の画廊に勤めだしたんが二十四のときやったから」

「あんた、五十四かいな」

白井は上目遣いに矢口を見た。「それにしては老けてるな」

「この頭がね……」

薄い髪を撫でた。失礼なやつだ。「白井さんはおいくつです」

「わしか。わしは年男や」

四十八か。鼻下と顎の髭に白いものが混じっている。

「探偵事務所を始めて何年です」

「なんや、おい、身元調べかい」

「いやや、わたしも訊かれましたから」

「そろそろ二十年やろ」

「ベテランですね」

「あんたもな」

白井はコーヒーに口をつけた。矢口の手もとに置いた名刺には《SPRD《スピード》——シライ・プライベート・ディテクティブオフィス　代表　白井寛》とあり、携帯の番号だけが書かれている。渡す相手によって適当な名刺を使い分けているにちがいない。

「それで矢口さんよ、久保《くぼ》さんの件はどないするつもりなんや」

「どうするもなにも、先日も申しましたように、当方に責任はないと考えます。わたしはあくまでも、『南京市街』を高嶋龍一郎《たかしまりゅういちろう》の真作と考えて久保さんにお頒けしました」

「善意の第三者とかいうやつか」

「おっしゃるとおりです」

「どこから買うた、『南京市街』」白井はカップを置いた。

「いえません」首を振った。

「なんでいえんのや」

「画商が仕入先をいうたら商売になりませんわ。買う客も訊かんのがルールです」

最後まで突っぱねる、そう決めていた。「――失礼ですが、委任状はお持ちですか」

「なんやて。委任状やと」

「久保さんの代理人なら、委任状持ってはるでしょ」

「あんた、古狸やの。思てたとおりや」

白井はソファにもたれかかり、脚を組む。「委任状なんぞいつでも書ける。そこらの紙切れに〝矢口画廊、矢口真男《まさお》氏より購入した高嶋龍一郎『南京市街』偽作につき、その返金および賠償交渉を白井寛《ひろし》氏に委任しました〟と書いて、久保の三文判を捺したらそれでええんや」

「でたらめやないですか。そんな委任状は」

「でたらめが聞いて呆れるのう。あんたがあの絵の裏に貼った鑑定シールはなんや。真っ赤な偽物やないけ」

ハッとした。顔には出さない。

「どういうことです」

「自分の胸に訊いてみいや」

「分かりませんね」

「まだ、とぼけるか」

白井は組んだ脚を解き、スーツの内ポケットに手を入れた。矢口は思わず上体をひく。

白井が出したのはICレコーダーだった。「わしは昨日、中書島《ちゆうしよじま》へ行った。西柳町の印刷屋や。誰に会うたか、分かるわな」

「………」言葉につまった。藤尾《ふじお》に会ったらしい。

「聞いてみい」

白井はレコーダーの再生ボタンを押した。

――ええ、頼まれました。矢口さんにサンプル見せられて、これと同じもんを作ってくれと……。スキャナーでコピーして、百枚、刷りました。

――そのサンプルはどんなもんやった。

――短冊形の、長さ十センチほどのシールですわ。

――文面は。

――〝高嶋龍一郎・真作〟とあって、日付と〝高嶋和子〟いうサインが入ってました。サインの後ろには〝和子〟いう、四角い印章も。

――作品名の欄は。

――『向日葵』です。

――そのシールは古いもんやな。

――黄ばんでました。

——作品名もコピーしたんか。
——いえ、そこは消して空欄にしてくれ、と。
——日付も消したんやな。
——はい、そうです。
——黄ばみはどうした。
——パソコンで修整して、きれいにしました。
——高嶋和子、いうサインは万年筆で？
——青のインクでした。
——サインと印章はそのまま印刷したんか。
——色校正をして、忠実に再現しました。罫線の茶色も。
——印刷した紙は。
——サンプルに似た和紙です。
——どんな和紙や。
——雲肌の薄手の白麻紙を短冊にカットしました。
——高嶋和子《かずこ》は高嶋龍一郎の所定鑑定人やな。
——鑑定人かどうかは知りませんけど、たぶん未亡人ですわ。
——あんた、矢口の評判は知ってるな。あちこちで贋作を売り歩いてる、ふろしき画商や、と。

――なんです、ふろしき画商て。

――画廊を持たずにふろしき一枚で商売してるブローカーや。

――へーえ、そうでしたか。

――矢口の片棒担いだんは、なんべんめや。

――片棒なんか担いでません。わしは頼まれた仕事をしただけです。

――あんたは矢口に依頼されて高嶋和子の鑑定シールを印刷した。まちがいないな。

――ま、そうですけど……。

そこで音声は途切れた。白井はレコーダーのオフボタンを押して、

「どうや、これは」

「用意周到ですね」

もう突っぱねるわけにはいかなかった。「藤尾をどこで知ったんです」

「わしをなんやと思とんのや。探偵事務所の所長やぞ。あんたがいつも藤尾んとこで絵のパンフレットやダイレクトメールを刷ってんのは、ちょっと調べたら分かるこっちゃ」

「藤尾を脅したんですか」

「口に気ぃつけよ、こら。誰にものいうとんのや」

本性が出た。粘りつくようなものいいはヤクザだ。白井は広げた脚のあいだにだらりと両手を垂らして矢口を睨《ね》めつける。

「四百万、久保に返せや」

「わたしが久保さんからいただいたのは三百八十万円ですよ」

「二十万はわしの探偵料や」

「しかし、わたしは真作と……」

「じゃかましい」

白井は怒鳴った。「ここに街宣車まわして、おまえのイカサマをぶちまけるぞ」

「やめてください、大声出すのは」

「画商が客に贋作を売ったら、四の五のいわんと引き取るのが筋やろ。四百万、耳をそろえて返さんかい」

「………」

「こら、なんとかいうたれや」白井はテーブルを叩いた。

何枚も似たような絵を描くやつがわるいんや──。そういいたかった。高嶋龍一郎は戦前の南京を一度訪れただけで、百作を超える『南京市街』を描いている。同じ構図、同じ色調の絵が百枚もあれば贋作が出まわるのは当然だろう。芸術院会員以降の高嶋は名前に胡座《あぐら》をかいて駄作を量産した。

そこへ、ノック——。ドアが開いて、宏江《ひろえ》が顔をのぞかせた。不安げにこちらを見る。

「ええんや。なんでもない」

矢口は手を振った。宏江は黙ってドアを閉めた。

「分かりました。『南京市街』を四百万円で引き取ります」

そういうしかなかった。「ただし、そのレコーダーをいただきます」

「なんでや」

「藤尾さんに迷惑かけとうないんです」

「分かった。これは金と交換や」

白井はうなずいて、「いつや、引き取りは」

「今月末で」

「あほんだら。今日は五日やぞ。二十五日も待てるかい」

「わたしはこのとおりのふろしき画商です。四百万もの現金は手もとにありません」

金策には日にちがかかる、といった。久保に絵を売ったのは半年前だから、それまでの借金の支払いや生活費できれいさっぱり消えた。いまの矢口の預金は千二百万円だが、最低でも一千万円は仕入の資金に残しておかないと商売が成り立たない。ここ数年、矢口画廊の年間売上は一千万にとどかず、ほとんど毎月のように支払いに追われているのだ。

「一筆、書きます。今月末に四百万円を久保さんに支払います、と」

「そういうんやったら、久保宛に借用書を書け。十月三十一日までに四百万を返済します、という借用書を」

　この男はよく知っている。借用書には強い法的効力があることを。

「ほら、便箋とボールペンと印鑑を持ってこんかい。収入印紙もな」

　いわれて、矢口は立ちあがった。背中に白井の舌打ちが聞こえた。


　白井が帰ったあと、二階にあがってネットで〝SPRD〟を検索すると、すぐにヒットした。住所は下京区朱雀宝蔵町《すじやくほうぞうちょう》だ。浮気調査、身元調査、所在素行調査、企業調査など、事業内容は多いが会社概要は不明。所員数も分からない。平成四年・京都府公安委員会探偵業届出とあるが、代表者の氏名もない。とりあえずネットには載せておりますという体裁だけの探偵事務所だった。

　藤尾に電話した。

――はい、藤尾印刷です。

――矢口です。

――あ、どうも。

――いま、白井いう男が家に来ました。

——ああ、やっぱり……。

——あれは探偵を隠れ蓑《みの》にしてる裏稼業の人間ですわ。

経緯を手短に話した。藤尾は黙って聞いている。

——なんで喋ったんですか、鑑定シールのこと。

——すんません。一昨日《おととい》の夕方、髭の大男と茶髪のチンピラみたいなんが来よったんです。髭がシールを見せて、誰に頼まれたと訊きよった。わしは知らんというたんやけど、なんせ、しつこい。狭い道に大きなベンツ駐めて帰らんのですわ。チンピラは眉を剃って、小鼻にピアスしてました。そいつがへらへら笑いますねん。わし、正直いうて怖かったんです。えらい、すんません。もっと早ように知らせんとあかんかったんやけど……。

——いや、藤尾さんに怒ってるわけやないんです。迷惑かけたんはこっちですわ。けど、ICレコーダーに録音されたんはまずかった。

——そんなもん、持ってませんでしたで。

——胸のポケットに入れてたんでしょ。

——そら困りましたな。

他人事《ひとごと》のように藤尾はいう。

——とりあえず、いままで藤尾さんとこで入力した印刷データは消してください。

――ＤＭとかのデータも？

――みんなです。ぼくが藤尾さんに頼んだもんは。

――了解です。このあとで消去しますわ。

――また白井がなんかいうてきたら連絡してください。

いって、電話を切った。

階下に降り、リビングへ行った。宏江が韓流ドラマを見ている。いったいなにがおもしろいのか、録画までしているのだ。

「さっきのひと、なに？」

テレビから眼を離さず、宏江はいう。

「白井いう代理人や。漬物屋の久保の」

「どういうこと」

「贋物がバレた。高嶋龍一郎の『南京市街』。金返せ、いうてる」ソファに腰をおろした。

「いくらよ」

「四百万」

「大金やんか」宏江は振り返った。

「半年も前に売った絵やぞ。久保は顔出さんと、いきなり代理人を寄越しよった」

久保からは三回、電話があった。『南京市街』を引き取ってくれという電話だ。もちろん、矢口は断った。三回めの電話で、久保は『南京市街』を贋作だといったが、矢口は取りあわなかった。贋作の根拠を訊くと久保は黙り込んだから、それで終わったとばかり思っていた。久保は聖護院《しょうごいん》の老舗漬物店の隠居で、藤田嗣治、熊谷守一、須田国太郎など、数十点の洋画――矢口の見るところ半分は贋作――を所蔵している。矢口はこれまで久保に贋作の林武や棟方志功など四点を納めてバレたことは一度もない。うなるほど金のある久保がたった四百万に執着するとも思えないのだが。

「そうか、あいつやな……」

「うん、なに?」

「いや、最近、久保に取り入ってる画商や。澄田《すみだ》とかいうて、むかしは三条寺町の重陽画廊におった。気障《きざ》ったらしい、うっとうしい若造や。あの茶坊主があることないこと、久保の爺に吹き込んだにちがいない」

澄田には会ったことがある。聖護院の久保の邸だ。細く吊りあがった眼に度の強そうな縁なし眼鏡、髪を七三に分け、サマースーツの襟に京都ギャラリー協会のバッジをつけていた。澄田は久保の目利き自慢にいちいち深くうなずきながら、矢口には眼を向けようともしなかった。とかく評判の宜しくない不良画商――澄田の久保に対する大仰な追従の裏には矢口に対する敵意が見えた。

「澄田が久保にいいよった。……贋作は贋作を呼びます。コレクションの中に一点でも贋作があったら、ほかも汚れます。だから徹底して排除すべきです。……久保の目利きを持ちあげながら、くそ生意気な講釈を垂れる。あれはおれへのあてこすりや。このガキ、と思たけど、おれは我慢した」

「澄田って、いくつくらい」

「まだ三十代やろ。のっぺりした瓢簞《ひょうたん》面や」

「久保さんは絵を買うてるの。澄田から」

「小出楢重や坂本繁二郎が応接室に掛かってた。澄田が納めた絵かもしれん」

「それって、本物」

「分からん。見た感じは真作やった」

洋画も日本画も真贋鑑定はむずかしい。構図や筆遣いなど一見して贋作と判るものもあれば、絵具からキャンバスの素材まで調べ、それでも判定できずに絵具の化学分析をし、レントゲンを撮ってようやく贋作と判るものもある。物故作家にはたいがい所定鑑定人がいるが、その鑑定人すら騙される巧妙な贋作もあるから油断ならない。

「それであんた、お金、返すんかいな」

「返すわけないやろ。干上がってしまうやないか」

「だったら、ほっといたらいいやないの。久保さんとこにはもう出入りできんけど」

「おまえの頭はシンプルでええのう。おれは借用書とられたんやぞ」

「さっきの代理人にかいな」

「澄田が画《え》を書いたんやろ。四百万は折半。二百万を久保に返して、あとの二百万を澄田と白井で分ける。それとも澄田は二百万を久保に返す代わりに、絵を一枚渡す肚かもしれん」

「踏んだり蹴ったりやんか。澄田って、そんなにわるいやつ?」

「あんな末成《うらな》り瓢簞にまともなやつはおらんわな」

澄田の生白い顔を思い浮かべて確信した。漬物屋の隠居と探偵ゴロには接点がない。久保と白井をつないだのは澄田だ。

「なんで借用書なんか書いたんよ、あんた」宏江は口をとがらせる。

「シールを作ったんがバレたんや」

「そんな余計なことするからや」

「やかましい。ごちゃごちゃいうな」

鑑定シールを偽造してキャンバス裏に貼ったからこそ、『南京市街』は売れたのだ。久保は目利きが甘いぶん、鑑定証や鑑定シールを鵜呑《うの》みにする。

「『南京市街』、どこで買うたん」しつこく宏江は訊く。

「西宮や。甲陽園の浅川《あさかわ》美術館」

「とっくに潰れたやんか」

「閉館はしたけど、絵はなんぼか残ってる。ガラクタばっかりな」

そのガラクタの中から程度のいいものを選んで買い、頃合いを見て真作に仕立ててきた。林武、棟方志功、野間仁根《ひとね》、東郷青児。これまで久保に納めた四点は、みんな浅川のところから出たものだ。

「浅川さんて、死んだんとちがうんかいな」

「まだ生きてる。甲陽園あたりの介護老人ホームや。もう九十超えて、寝たきりらしい」

浅川宗雄《むねお》――。奈良吉野の生まれで父親が早世し、独り息子の浅川は中学生で百二十万坪の山林を相続した。浅川家は戦後の混乱期も資産を維持し、浅川は吉野の山林王として贅沢な暮らしをつづけた。七〇年代から八〇年代にかけての経済成長期、吉野の山持ちたちの財力はすさまじく、〝吉野ダラー〟と称されて投機筋を賑わしたという。

浅川は洋画に耽溺《たんでき》して、大正、昭和期の画家の作品を蒐集するとともに、自らも絵を描いた。雅号は〝浅川詢《じゅん》〟。芦屋絵画研究所の主宰者で日展煌陽会《こうようかい》のボス、大木詢一《おおきじゅんいち》に私淑して絵を習ったが、所詮は素人の手習いでものにならず、作品は見向きもされなかった。

昭和五十年ごろ、浅川は西宮甲陽園の私設美術館――北浜の相場師がオーナーだった――を所蔵品ごと買収し、『浅川美術館』と改称して館長におさまった。それまで蒐集した絵と自作の絵を展示したのはいうまでもない。

矢口が初めて浅川に会ったのは、西天満で画廊勤めを始めて五年ほど経ったころ、浅川美術館を訪れたときだった。阪急甲陽園駅の近くにある瀟洒《しょうしゃ》な三階建のビルで、一階を展示スペース、二階を事務所、三階を収蔵庫にしていた。浅川のほかに館員は女性ふたりで、入館料は安かったが客はおらず、閑散としていた。展示作品は富永絹児《とみながけんじ》、村山槐多《かいた》、国吉康雄、和田謙作、大木詢一など、名のある作家から無名の作家まで約八十点。富永と村山、国吉のほかに見るべきものはなく、矢口の眼にも贋作を疑うような作品が多くあった。矢口は帰りぎわ、館長室に寄って浅川に挨拶し、興味のある作家がいれば作品を探します、と名刺を渡した。浅川は小柄で痩せぎす、訥々《とつとつ》と話をする腰の低い男だった。

「浅川さんが寝たきりやったら、誰から絵を買うたんよ」

「よめはんや。浅川尚子《なおこ》」

「甲陽園にいるの」

「いまは美術館に住んでる。一階と二階を賃貸マンション、三階を住宅に改装してな」

「そのマンション、広いの」

「敷地は二百坪くらいやろ。建物はワンフロア、七、八十坪かな」

「あほらし。左団扇《ひだりうちわ》やんか」

「元は吉野の山林王やぞ。何百億という資産をなくして、甲陽園の美術館だけが残った」

浅川はバブルのころの投機で莫大な損失を被った。取り巻きはみんな離れ、吉野の山林から芦屋山手町の邸、所蔵の絵を次々に売り払って食いつないできたのだ。

「また甲陽園に行って絵を買うてきたら。ガラクタの中にも売れそうなもんがあるやろ」

「行くだけ無駄や。もう碌《ろく》な絵はない」

浅川の妻は齢が離れている。たぶん七十すぎだ。元は芦屋絵画研究所の会計担当で、浅川が五十代のころ、後妻に入ったと聞く。強欲な女で、矢口が顔を出すたびに、あれを買え、これを買えといい、そのくせ見せる絵は贋作ばかりだ。十年ほど前に浅川が脳梗塞で倒れたあと、矢口は浅川尚子から九点の絵を買ったが、どれも二十万円までだった。

「けど、あんた、売る絵がなかったら収入もないんやで。四百万円もの借用書、どうするのよ」宏江はなおもいいつのる。

「おまえにいわれんでも分かってる」

「交換会に行ったら」

「美術倶楽部の交換会はあかん。付値が高いから利が薄い」

矢口は京都美術商協同組合の会費を滞納している。入札するにも連帯保証人がつかないから、事実上、交換会の参加資格がない。京都を離れて地方の業者交換会に行けば、田崎広助や香月泰男など、人気作家の作品が五万、十万という値で出ることも稀ではないが、あまりにも程度が低いから真作には仕立てられない。好んで安値の絵を買う業者は、一見の客に飛び込みで絵を持ち込み、口先三寸で売りつけるのだ。

「借用書、踏み倒したらどうなるの」

「さぁな、債務不履行で久保の爺に訴えられるか」

「訴えられたらいいやんか」

「その前に、白井が黙ってへん」

「あのひと、ヤクザ？」

「なんで、そう思た」

「そんな感じやったもん。だって、借金の取立てはヤクザがするんやろ」

「白井は探偵や。名刺をもろた」

本業は右翼かもしれない。街宣車をまわす、とかいっていた。

「四百万円、絶対に払うたらあかんで」

「ああ……」

そのときは白井がどう出てくるかだ。借用書も怖いが、あのレコーダーはもっと怖い。鑑定シール偽造が表に出たら矢口は終わりだ。業界から放逐《ほうちく》されるのはもちろん、わるくすれば詐欺容疑で手が後ろにまわるかもしれない。いまさらこの齢で画商のほかに食う術《すべ》はないのだ。

「あーあ、お腹空いたわ」

宏江は両手をあげて欠伸《あくび》をした。「お鮨でもとろか」

「贅沢いうな。サンマでも焼け」

「だって、あんた、いやな話ばっかりするもん」

「おまえが訊くからや」

「お金ちょうだい」

「なんやと」

「今月の食費やんか」

「こいつ……」

テレビのリモコンをとって電源を切った。なにすんのよ、宏江がいう。矢口はリモコンを放ってリビングを出た。

2

それから十日、白井からの連絡はなかった。無気味だ。月末まであと半月。手持ちの絵を車に積んで滋賀と福井の客をまわったが、売れたのは六点、百万円に足りなかった。真作でも無名の画家の絵は大した稼ぎにはならない。

『ウイング』のパーラーで缶ジュースを飲んでいるところへ携帯が鳴った。

――矢口です。

――お久しぶりです。岩崎《いわさき》です。

――おう、岩崎さんか。

矢口と同じふろしき画商で、腰の軽い男だ。齢は五つ、六つ下だろう。

――なんか、音がしてますね。

――ここ、パチンコ屋なんや。

――すみません。お邪魔でしたか。

――いや、もう出るとこや。今日はさっぱりやし。

――だったら、話を聞いてくれませんか。いま、紫野なんだけど。

車に乗っている、と岩崎はいう。

――紫野は近いな。千本通を下がったら、中立売《なかだちうり》の信号越えたとこに『ウイング』いうのがある。

――じゃ、行きます。

電話は切れた。岩崎がなんの用だろうか。会ったのは三年ほど前、洛鷹《らくよう》美術館の『晋美展』会場で立ち話をしたきりだが。

ジュースを飲みほして煙草を出した。一本もない。パッケージを握りつぶしてトラッシュボックスに放った。

ほどなくして岩崎が来た。連れ立ってパーラーを出る。千本通沿いのファミリーレストランに入り、矢口はレモンティー、岩崎はコーヒーを注文した。

「しもたな。ここは禁煙か」

来る途中、煙草を買ったのに灰皿が見あたらない。

「ファミレスはたいてい禁煙でしょう」岩崎はいう。

「あんた、吸わんのかいな」

「去年、やめました。口さみしくて、ついつい甘いものを食べてしまいます」

岩崎はスーツの前ボタンを外した。ワイシャツの腹まわりが弾けそうだ。

「で、話というのは」訊いた。

「それが、ちょっと込み入ってるんです」

岩崎はネクタイを弛《ゆる》めた。「——これからの話、矢口さんとぼくだけのことにしてもらえますか」

「ああ、かまへん」うなずいた。

「矢口さん、『富永絹児』を手に入れられませんかね」

「富永絹児な……」

「何点でもいいと、欲しがってる客がいるんです」

「富永の絵はしかし、納まってるとこに納まってるで」

富永絹児——大家だ。高嶋龍一郎のライバルで、高嶋の義弟でもある。「いったい、どういう客なんや」

「美術館です」

「どこの……」

「東条近代美術館」

「公設美術館やないか」兵庫県東条市だ。

「この四月に館長が代わったんです。東条近代美術館に富永の絵は十数点あるんですが、もっと増やしたい方針です」

「そうか、富永は東条の出やったな」

富永絹児は明治中頃、兵庫県東条郡の生まれで、生家は県下有数の生糸仲買問屋だった。中学卒業後、京都に出て湯川忠が主宰する御領院洋画研究所に入所。同時期に高嶋龍一郎も学んでいた。明治末年、フランスに留学。パリに滞在し、アカデミージュリアンに通ってモネやルノアールなど印象派の影響を受けた。大正初年に帰国。旧知の高嶋らとともに二科会の設立に加わり、のち高嶋の末妹と結婚、一男三女をもうけた。大正末、二科会を脱退し、高嶋らと春秋会の設立に参加するが、画論の相違で高嶋と訣別。中央画壇を去って東条に帰り、画業をつづけるが、昭和十三年、高嶋が帝国芸術院会員となった年に病没。享年五十。その作風は印象派風の油彩画に桃山期琳派の絢爛たる色彩と平面構成を加味した豪放なもので、春秋会時代に描いた作品は高嶋のそれより高く評価され、現在も絵画市場では絶大な人気がある。

「予算はあるんか。東条近代美術館」矢口は訊いた。

「今年度分は一千万ほどしか残ってませんが、富永が入手できるとなったら臨時予算を組むか、購入費を前倒し執行する、と館長はいってます」

「トータルで、なんぼや」

「はっきりとは聞いてませんが、三千万まではいけそうな口ぶりでした」

「いまどき三千万は豪勢やな」

公設美術館は〝大名買い〟だ。鑑定価額が甘く、税金で美術品を購入しているという意識が薄い。

「市議会議長と館長がこれなんです」

岩崎は親指と小指の先をくっつけた。「館長を東条に引っ張ったんは議長です」

「名前は」

「館長は土屋《つちや》雅則《まさのり》、議長は小崎《おざき》といいます」

土屋には聞き憶えがあった。神戸市立美術館の学芸部長をしていた男だ。

「ふたりがツーツーやったら、リベートが要るな」

「十パーセントはバックしないとダメでしょうね」

こともなげに岩崎はいう。地方美術館の作品購入に際して議員が口利きするのは日常茶飯だ。美術館の購入費を承認するのは市議会だから。

「矢口さん、〝富永絹児〟ありませんか」思わせぶりに岩崎はいう。

「あんた、なんでおれに話を持ってきたんや」低く訊いた。

「いや、矢口さんなら顔が広いから」

「ちがうな。あんたはおれが浅川美術館の絵を買うてると知ってる。浅川のとこには〝富永絹児〟があると知って、おれに会いにきたんや」

岩崎の眼を見て、いった。岩崎はにやりとして、

「浅川美術館所蔵の〝富永絹児〟は三点。『青不二』『赤不二』『白不二』の三連作ですよね」

「なんや、やっぱり調べてきたんやないか」

「矢口さんは三連作を見ましたか」

「見た。二十五年ほど前やけどな。展示室の正面に三作並べて掛けてた」

どれも大きさは十号で、『青不二』は夏、『赤不二』は秋、『白不二』は冬の富士山をキャンバスいっぱいに勇壮に描いていた。贋作の多い美術館ではあったが、富永絹児の『不二』はまちがいなく真作だった。

「あんたは三連作というけど、あれはほんまは四連作なんや」

「というと……」

「春の富士山を描いた『黄不二』もあったらしい。おれは見たことないけどな」

富永絹児は生涯に描いた作品数が少なく、戦前に亡くなったため、作品をまとめた画集などは出されていないのだ。

「なるほど。夏、秋、冬があれば、春もありますよね」

「浅川宗雄が倒れたあと、おれは浅川のよめさんから何点か絵を引き取った。……けど、富永の三作だけは見せられたことがない。あの業突《ごうつく》張りのことやから、とっくに売り払うたんかもしれんで」

「富永の代表作が市場に出たら、我々の耳にも入ります。まちがいない、『不二』は浅川のところにありますよ」

「予算的にもぴったりか……」一点一千万、三点で三千万は妥当な値だ。

レモンティーとコーヒーが来た。矢口は砂糖を入れ、岩崎はブラックで飲む。少しは肥満を気にしているようだ。

「ぼくの目算では、三連作の買取りに二千万円。矢口さんとぼくが一千万円ずつ用意すればいいですよね」

「ちょっと待てや。金はあんたが都合するんとちがうんか」

「それができないから、こうしてお願いしてるんです」

「あんたの言いぐさ、お願いしてるようには思えんな」

「矢口さん、ぼくには一千万がぎりぎりなんです。資金に余裕があったら、こんな話は持ってきません」恩着せがましく岩崎はいう。

矢口は考えた。これは確かにわるい話ではない。『不二』さえ手に入れれば、売れ口は決まっているのだ。それも支払いの堅い公設美術館に。

「分かった。半分、出そ」

うなずいた。「富永絹児が東条近代美術館に売れるまで、あんたはパートナーや」

「ありがとうございます。矢口さんに会ってよかった」

岩崎はコーヒーを啜《すす》った。「近いうちに、浅川美術館に連れてってくれますか」

「その前に、取り分を決めようや」

「取り分……?」

「絵を売ったあとで揉めるのは嫌やからな」

「六四でいかがですか」

「どっちが六や」

「ぼくです。ぼくが客を紹介するんだから」

「洒落がきついな。浅川尚子に話をとおせるのは、おれやで」

「しかし、東条近代美術館に……」

「しかしもかかしもない。折半や」強くいった。

「しかたありませんね。じゃ、フィフティー・フィフティーで」あっさり、岩崎は折れた。はじめからそのつもりだったのだろう。

「館長と議長へのキックバックは売買価格の十パーセントが上限や。経費はおれが持つ」

「分かりました。けっこうです」

岩崎は首筋をなでた。「で、浅川美術館には」

「あんたは行かんでもええ。おれがひとりで行く」

思わぬツキがめぐってきた。捨てる神あれば拾う神ありだ。岩崎は胡散臭い男だから気を許してはいけないが。

雷が鳴った。矢口は窓の外を見る。雲が低い。いまにも降りそうだ。

「雨やな。家まで送ってくれるか」

「七本松通でしたよね」

「白竹町や」

築六十年の長屋の一軒を借りている。建延二十坪。宏江とふたりだから、そう狭くもない。娘の美希《みき》は三年前に短大を出て東京へ行った。いまは吉祥寺で派遣社員をしているというが、どこまでほんとうか分からない。美希は学生のころ、木屋町のラウンジでバイトをしていた。

「駐車場はどうされてるんですか」

「歩いて五分ほどの寺や。境内に六、七台、車を駐めさしてる」

「車は」

「ベンツのEクラス。ワゴンや」

画商はカローラやフィットに乗ってはいけない。画廊をかまえていなくても、車だけはベンツやレクサスに乗るのだ。でないと、客が離れてしまう。

「行こか」

席を立った。伝票は岩崎がとった。

3

週明け――。甲陽園の『メゾン浅川』へ行った。パーキングの来客用スペースに車を駐め、ロビーから浅川尚子に電話をして、専用エレベーターで三階にあがる。エレベーターホールが浅川家の玄関だ。天井までとどくブロンズのドアは全面にアールデコ風の唐草文様のレリーフを施した豪奢なもので、美術館の正面玄関から三階に移したという。

矢口はスーツの襟元を直し、インターホンを押した。返事があり、ドアが開いた。

「どうも、ご無沙汰しておりました」頭をさげる。

「どうぞ、どうぞ。お入りください」

おかっぱの髪を栗色と亜麻色に染め分けた尚子は愛想よくいい、矢口を招じ入れた。

玄関内は広く、床も壁もアイボリーの大理石を張りつめている。ダークグリーンのカーペット敷きの廊下にダウンライトが淡い光を落としていた。

応接室に入り、腰をおろした。ガラステーブルはイサム・ノグチ、赤い布張りのソファはイームズのデザインだ。出窓の向こうに目神山の緑が広がっている。

「ご主人、お変わりありませんか」関心はないが、訊いた。

「どうでしょうね。齢が齢やし……」

尚子は首を振る。「いつ行っても、ぼんやり天井を眺めてて、わたしのことも忘れたんか、話しかけても知らんふりです。そのくせ、よく食べるんですよ」

「食欲があるのはええやないですか」

「あの調子やと、百まで生きそうです」

尚子は真顔でいい、「お紅茶、飲みます？」

「いただきます」

「美味しいダージリンを淹れましょうね」

尚子は立って、応接室を出ていった。

矢口は壁に掛けられた絵に眼をやった。遠くエッフェル塔を望むパリ市街を暗い色調で描いた六号の絵は『佐伯祐三』、丸盆に載せた枝つきの柘榴《ざくろ》を簡潔に平面的に描いた四号の静物画は『熊谷守一』だ。佐伯も熊谷も贋作が多いから、どちらも危ない。尚子はいつも、この応接室に掛けた絵を買えと、矢口に勧めるのだ。

尚子がもどってきた。銀盆にマイセンのティーポットとカップを載せている。ソファに座って紅茶を注ぎ分けながら、

「昨日のお電話、びっくりしました。富永絹児の絵、憶えてはったんですね」

「そら、憶えてますわ。あれほどの名品はめったに見られません」

「どなたが欲しいといわれてるんですか」

「わるいけど、いまは明かせません。富永絹児を探してるコレクターです」

「ちゃんとしたひとですか」

「さる企業のオーナー社長です。人物はぼくが保証します」

「矢口さんがそういわはるんやったらいいですけど……」

尚子はティーポットを置いた。「向こうさんはいくらで」

「一点、六百万円。三点で千八百万円です」

「富永絹児は号二百万円以上ですよ」

「それはあくまでも年鑑の評価額ですわ。失礼ながら、マーケットの取引値は号五十万にとどきません」

矢口はつづけた。去年の秋、富永の『伊豆堂ヶ島』が東京美術倶楽部のオークションに出た。十二号で落札価格は五百六十万円だった——と。「ご存じのように日本の絵画市場は底の底です。オークションも高い絵は敬遠されて、流ればっかりです。富永ほどの大家にして、ようやく入札があるんです」

「でも、富永の『不二』は代表作でしょ」

「代表作で三連作やから、千八百万なんです」

「おれが死ぬまで『不二』は手放すな、と主人にいわれてました。だから、わたしは主人の葬式代にするつもりで大切にしてきたんです」

「ご主人が亡くなってから『不二』を売ったら、葬式に間に合わんやないですか」

「………」

尚子は言葉につまったが、「――二千四百万円です。それ以下では手放しません」

いつものことだが、この女はしぶとい。矢口の電話を受けたあと、富永絹児の相場を調べたにちがいない。

矢口は計算した。東条近代美術館が三千万円を出すとして、館長と議長に十パーセントをキックバックすると、残りは二千七百万。仕入値が二千四百万だと、差額は三百万だ。それを岩崎と折半して経費や税金を差し引いたら、稼ぎは百二、三十万にしかならない。

「分かりました。先方に伝えます」

紅茶にミルクを入れた。「正直なところ、二千万まで、といわれてきたんです」

「そんな値段では売りません」尚子は横を向いた。

「そうですか……」

嘆息した。「残念ですわ。わたしはよろこんでもらえると思て来たんですけどね」

ここで弱気を見せてはいけない。カップを手にとって静かに紅茶を飲んだ。尚子は絵を売りたがっている。

「さっきのお話、ほんとですか」矢口の表情をうかがうように尚子はいった。

「なんです……」

「富永絹児の伊豆の絵です。十二号で五百六十万円というのは」

「ほんとです。東京美術倶楽部の入札記録を見てください」

「二千三百万円なら、手放します」

「浅川さん、美術品をオークションで売ったら、手数料が十五パーセントから二十パーセント、譲渡益に対する税金もかかります。……そこを考えてください。仮に『不二』三連作をオークションに出して二千三百万円で落札されても、浅川さんの手取りは二千万円以下です」

「その社長さんは『不二』を知ってるんですか」

「もちろん、知ってます。むかし、浅川美術館で実物を前にしてます」

「一点、七百万円でお願いします」少し間をおいて、尚子はいった。

「二千百万円ですか」

カップを置いた。「立場上、わたしはこれ以上の交渉はできません。先方の意向を訊いて出直します」

矢口はほくそ笑んだ。目論見は二千万円だったが、富永絹児の『不二』三連作が二千百万円なら安い。「――先方に絵を見せたいんです。実物をお借りするわけにもいかんでしょうから、写真を撮らせてもらいますわ」

傍らのバッグからカメラを出した。ここに『不二』があることを確認しておかないといけない。

「だったら、カメラマンが撮影した浅川美術館の所蔵品図録をお渡しします」

「失礼ながら、この眼で『不二』を見たいんです」

そういうと、尚子は黙って立ちあがった。

「すみません。面倒おかけして」

矢口は頭をさげ、尚子は応接室を出ていった。

尚子は週刊誌大の図録一冊と黒い布張りの函を三つ抱えてもどってきた。函をひとつずつテーブルに置いて紐を解き、額装の絵を取り出してソファに並べる。矢口の前に『青不二』『赤不二』『白不二』が揃った。

思わず、ためいきが漏れた。みごとな絵だ。構図、色調、筆致、描くべきものは描き込み、省くべきものは省いて、間然するところがない。若いころは感じとれなかったが、富永絹児はこれほどまでに巧い画家だったのか。『青不二』の清冽、『赤不二』の幽愁、『白不二』の凍寒、日本の四季を截然《せつぜん》と表現している。

「いや、すばらしい。まさに富永の代表作です」

立って腰をかがめ、三枚の絵を間近に見た。全体に薄塗りで絵具に艶があり、罅《ひび》も少ない。画面右下に入れられた《K・Tominaga》のサインもきれいに読める。

『青不二』を裏返した。額の止め金具を外して裏蓋をとる。キャンバスの麻布はかなり黄ばんでいた。古びた木枠には号数表示がなく、製造者印もない。富永はキャンバスに国産の普及品を使っていたようだ。

「ありがとうございました。けっこうです」

絵を額にもどした。座って図録を広げる。『不二』三連作の写真は五ページから七ページにわたって一作ずつ、大きく掲載されていた。

「ずいぶんと贅沢な図録ですね。写真と実物の色がほとんど同じですわ」

写真と実作を見比べて、いった。図録や画集などの印刷物は色がきつくなるのが普通だが、この図録は入念に色校正をしているのが分かる。

「この四ページめが白紙になってるのはどういうわけですか」

「そこに主人は『黄不二』を追加したかったんです」

「そういえば、富永は〝春の富士〟も描いたらしいですね」

「えっ、あるんですか」

「ご覧になりますか」

「図版がね」

尚子はサイドボードから蒔絵の手文庫を出してきた。蓋をとる。とりあげた薄手の冊子には《椎原《しいばら》合資会社蔵品入札目録　於大阪美術倶楽部》と、筆書きがしてあった。

「これは売り立ての？」

「ええ、そうです。椎原合資会社、ご存じですか」

「椎原炭鉱とか、椎原鉱山とか、ですよね」

「椎原家は江戸時代からつづいた福岡の大地主です。昭和三十二年に会社を解散して、所蔵品を売り立てたときの目録です」

「若いころ、仁科《にしな》家の入札目録を見たことがあります。茶道具が主でした」

名家が売り立てをするときは、依頼を受けた札元が蔵品のひとつひとつを写真にとって図版にし、目録を作成する。目録の刷り部数は数百。それを大口の客や美術商に配って入札会の案内とし、料亭や美術倶楽部などの会場に招待して売り立て品の下見をさせる。入札会は一日で、即日開札。売上高の約八割が売り主のもとに入り、約二割が札元の手数料や経費になった。古きよき時代の〝オークション〟だ。

矢口は目録を手にとった。一ページずつ繰っていく。台紙に一枚ずつ日本画や洋画、やきもの、漆器などの図版が貼りつけてある。色は褪せているが、カラー印刷だ。

「これはかなりのコレクションですね」

印刷図版を見ても、その値打ちが分かる。日本画は『速水御舟』や『村上華岳』、やきものは『仁清』や『乾山』、洋画の『富永絹児』は『岸田劉生』の次にあった。——

『不二』四連作だ。

「なるほど。これが『黄不二』でしたか」

山肌はレモンイエローにクロームイエローで翳《かげ》をつけ、澄み渡った空にややピンクがかった雲を浮かべている。近景は鮮やかな新緑。まさに春が匂いたつような作品だ。

巻末の落札記録を見ると、『不二』四連作は別々に売れていた。『黄不二』が二十八万九千円、『青不二』が二十六万円、『赤不二』が二十七万八千円、『白不二』が十九万五千円で、落札者は不詳——。

「ご主人は『不二』をどうやって蒐《あつ》めはったんですか」

「初めは『赤不二』と『白不二』でした。昭和四十年ごろ、三宮の画商さんに頼んで探してもらったそうです」

その二年後に『青不二』を入手したが、『黄不二』の所在が分からない。浅川は売り立ての札元や当時の美術商をたどって、大阪大正区の材木商のもとに納まったらしい、とまでは突きとめたが……。

「その材木問屋は昭和三十六年の第二室戸台風で全壊したんです」

「『黄不二』はそれっきりですか」

「分かりません。主人が大正区へ行ったときは貯木池も埋め立てられて、市営団地が建ってたそうです」

「ご主人は諦めたんですか、『黄不二』を」

「諦めはしてませんけど、台風のあと、『黄不二』が出たという噂は聞きません。いまはもう幻の作品です」

「なるほどね。そういう顚末でしたか」

絵には有為転変があり、寿命がある。『黄不二』には運がなかったのだ。

「この目録、お借りしてもいいですか」

「いえ、それは一冊しか……」

「先方に見せたいんです。『不二』四連作は椎原家が所蔵してた名品やといえますから」

椎原合資会社蔵品入札目録と浅川美術館図録をバッグに入れ、カメラをかまえて三枚の絵を自然光とフラッシュで撮影した。「さきほどの価額を先方に提示して、また、ご連絡します」

尚子に一礼し、カメラとバッグを肩にかけて応接室を出た。


車に乗り、岩崎に電話をした。

――いま、甲陽園や。浅川尚子と交渉して『不二』の買値をつめた。二千百万や。

――高いじゃないですか。

――あほいえ。初めは二千四百万というたんを、三百万も負けさせたんやぞ。

ムッとした。こいつはおれより欲が深い。

──金を用意してくれ。千五十万や。

──『不二』は見たんですか。

──見た。真作や。まちがいない。椎原合資会社の入札目録もあるし、写真も撮った。

事情を話した。岩崎はよろこんだ。

──その目録を見せれば、三千万出すかもしれませんね。東条近代美術館。

──もっと、ふっかけたれ。どうせ税金やろ。

──そこは極力、交渉してみます。

──これから京都へ帰る。目録と写真のチップを渡すから、うちに来てくれ。

浅川美術館図録は東条近代美術館には見せられない。『不二』三連作の出処が判ってしまう。

──矢口さん、今日は祇園で飲みましょう。

──そら、ごちそうさんやな。

──なにいってんですか。経費は矢口さん持ちでしょう。

──そんなこというたかな、おれ。

──ちゃんと聞きましたよ。

電話は切れた。矢口は舌打ちし、エンジンをかけた。

4

十月二十六日、午前——。岩崎を『富永絹児』のコレクターに仕立てて現金二千百万円を浅川尚子に支払い、『不二』三連作を受けとった。矢口がベンツを運転して東条市へ向かう。岩崎も矢口も上機嫌だった。

「出がけに今日の運勢を見たんです。金運、交際運、ともに最高でした」

「なんの占いや、それは」

「旭易断です」

「知らんな」

「うちの田舎に総本部があるんです」

「あんた、静岡の出やったな」

「駿河です」

駿河人はこすっからい遠州人とちがってのんびりしている、と岩崎はいう。

こいつのどこがのんびりしてるんや——。胸のうちで矢口は嗤った。

「なんで駿河から京都に来たんや」

「ぼく、立命館です」

「へーえ、ほんまかい」意外だった。多少は勉強ができたらしい。

「学芸員の資格をとって、どこか美術館に就職したかったんですが、あの世界はコネでしょう。それがぼくにはなかったんです」

「確かに、地方の人間に京都の壁は厚いわな」

「ゼミの教授の紹介で、嵐山の洛鷹美術館に非常勤の学芸員で入ったんです」

洛鷹美術館には三年勤めたが、常勤に採用される見込みはなかった。四年目に、出入りの画商に誘われて転職した――。「新京極の守屋画廊です。絵画ビジネスを一から教わりました」

「学芸員と画商はまるでちがうやろ」

「実感しました。そのとおりです。画商は学芸員を鼻で笑ってます。机上の空論で美術品を云々する研究者と、身銭を切って美術品を売買する業者はものがちがいます」

「贋作を買うてもお咎めなしの学芸員は目がゆるいわな。所詮は他人の金や」

「守屋画廊には、七年いました。息子さんの代になって、独立したんです」

守屋画廊は老舗だ。上客をたくさんもっているが、岩崎に暖簾《のれん》分けするほど、この業界は甘くない。岩崎は息子とうまくいかなかったのだろう。

「矢口さんは大阪の画廊にいたんですよね」

「西天満のビル持ち画廊で、バブルのころは二束三文のアイドル版画を乱売してた」

「ラッセンとかヒロ・ヤマガタとか、大量に出まわってましたね」

「元値が千、二千円のリトグラフに適当なロットナンバーを書いて、五十万、六十万で売りつけるんやから、むちゃくちゃや。あちこちで訴訟沙汰になって、オーナーが飛んでしもた」

「矢口さんも売ったんですか。アイドル版画」

「おれは詐欺商法の片棒は担いでへん。版画の売り子は厚化粧のねえちゃんチームや。おれは画廊部門でまじめにやってた」

オーナーが逃げて、ビルも人手に渡っていることが分かった。矢口は倉庫の絵を退職金代わりに持ち出した。「九年も丁稚奉公して、餞別は絵が十枚。洒落にならんで」

そのときの絵が一点、まだ手もとにある。黒田清輝が陸軍大将を描いた肖像画だ。あまりに稚拙な贋作だから売るに売れない。

宝塚インターから中国自動車道に入った。車は流れている。あと一時間半も走れば東条市に着くだろう。

「段取りを確認しとこ。今日、会うのは三人やったな」

「館長と副館長と学芸部長です」

先週、十八日、岩崎は東条近代美術館の土屋に面会して、矢口が撮影した写真と椎原合資会社蔵品入札目録を預けた。土屋は写真と目録をもって『不二』三連作の購入を会議に諮《はか》り、二十四日に購入意志を伝えてきた。価額は三千万円とし、実作を見て、絵具の剝離や汚れ、変色など、修復すべき不具合があれば協議するという内容だった。

「館長の土屋さんがウンといえば、ほかは口出しできません。副館長の遠山《とおやま》さんは東条市の役人で、美術品には素人です」

美術館の経理主管は遠山だ。遠山は内金一千万円を今月末、岩崎と矢口の口座に半額ずつ振り込み、残金を一月末に支払うと岩崎にいった――。

「土屋は臨時予算を組んで全額を支払うというたんとちがうんか」

「そこはお役所だから、融通は利きませんよ」

しれっとして、岩崎はいう。「いいじゃないですか。三カ月くらい待てば」

「えらい余裕やな」煙草を吸いつけた。

「しかたないでしょう。向こうも購入費を前倒しするんです」

岩崎は嫌味たらしく、サイドウインドーを全開にした。


東条近代美術館は中国自動車道から国道三七三号を十キロほど南へ行った東条の市街地にあった。木立と芝生に囲まれた鉄筋コンクリート打ち放しの建物は、建築家畠中典之の設計だと聞く。広い駐車場の裏手を流れているのは千種川だ。

午後一時、岩崎とふたり、『不二』三連作を抱えて美術館に入った。受付の女性に用件をいうと、来訪を知らされていたのか、すぐ館長室に案内された。真ん中のソファに男が三人、座っている。

「初めてお目にかかります。矢口と申します」

一礼して名刺を差し出した。相手も立って名刺を交換する。《東条近代美術館　館長　土屋雅則》《東条市文化財団常務理事　東条近代美術館　副館長　遠山智《さとし》》《東条近代美術館　学芸部長　本多《ほんだ》隆夫《たかお》》とあった。岩崎はすでに面識があるから名刺は出さない。

ふたりは勧められて三人の向かいに腰をおろした。

「京都から車でいらしたらお疲れでしょう」

土屋がいった。ダークグレーのスーツにピンストライプのクレリックシャツ、オールバックの髪が不自然に黒いのは染めているからだろう。傍らの遠山は小肥りで顔が赤く、酒好きだと分かる。遠山と本多は胸に館員証を提げていた。

「佐用インターまで高速で来ましたから、そう時間はかかってません」

途中、西宮に寄って絵を受けとったとはいわない。

「お食事は」遠山が訊いた。

「食べました。サービスエリアで」食べる暇はなかった。

矢口はふろしき包みを解いた。三連作を函から出してテーブルに並べる。土屋と本多は絵に見入った。

「いいですね」

土屋がうなずいた。「どの作品もいい。傷みもない。傑作です」

「そういっていただけると、わたしも一安心です」岩崎がいった。

本多は椎原合資会社の入札目録を広げて絵の横に置いた。

「まちがいない。同じ作品です」

「この『黄不二』はないんですか」土屋は目録を指さした。

「わたしも調べたんですが、第二室戸台風で消失したと聞きました」

矢口はいった。「昭和三十六年です。ずいぶんむかしのことで、確かめようにも方法《すべ》がないんです」

「惜しい。これほどの傑作を消失したとはね」

「三作が残ったのがまだしもです」

「おっしゃるとおりですな」土屋はソファに寄りかかった。

本多が額を外してキャンバスの状態を検分した。小さくうなずく。それを見て、土屋がいった。

「三連作を購入します」

「ありがとうございます」矢口と岩崎は頭をさげた。

「価格は三千万円で」

「はい、けっこうです」と、岩崎。

「では、譲渡契約書を」

遠山が書面を出した。富永絹児の『不二』三連作は東条近代美術館に売れた。

5

十月二十八日、金曜日――。東条市文化財団から大同銀行の口座に五百万円が振り込まれ、矢口は白井の携帯に電話をした。

――はい、白井です。

――矢口です。

――おう、昨日も一昨日も電話したのに、なんで出んかったんや。

――携帯を忘れてたんです。

――嘘ぬかせ。画商が携帯持たずに商売できるかい。

――四百万円、支払います。

――そうかい。それはおおきにありがとうございます。

――これから、おたくへ行きます。

――わしが行くがな。

——探偵事務所というやつを見学したいんですわ。シライ・プライベート・ディテクティブオフィスを。

——そんなに見たいんやったら来いや。朱雀宝蔵町や。

——住所は知ってます。ネットで検索しました。

——マメな男やのう。四百万、耳そろえて持ってくるんやぞ。

——『南京市街』は。

——久保から預かってる。昼までに来い。

電話は切れた。くそっ、ゴロツキが——。

通帳と銀行印を持って家を出た。


下京区朱雀宝蔵町——。白井の事務所は煤《すす》けた雑居ビルの二階にあった。隣の月極駐車場にミニバンの街宣車が駐まっている。長いあいだ動かしていないのか、ルーフもウインドーも埃まみれだ。

矢口は二階にあがった。スチールドアにアクリルの切り文字で《ＳＰＲＤ》、その下に《白井政経研究所》とある。いかにも胡散臭い。

ドアをノックした。はい——と返事があり、赤い髪の女が顔をのぞかせた。

「矢口と申します」

女は黙ってドアを開き、矢口は中に入った。低い衝立の向こうにデスクが四つ。白井は窓際に立ってブラインドの隙間から下の駐車場を眺めていた。

「車で来たんとちがうんか」

「タクシーです」

朱雀宝蔵町は中央卸売市場に近いからパーキングを探すのに難儀する。

「ま、座れや」

白井は矢口にいい、「コーヒーや」と、女にいった。

「普通のオフィスですね」革張りのソファに腰をおろした。

「どういう意味や」

「いえ、別に意味はないですけど……」

神棚も木彫りの虎もない、壁際にキャビネットと書架を並べたシンプルな事務所だ。

白井は奥の部屋から『南京市街』の函を持ってきた。ソファに座る。

矢口はバッグのジッパーを引き、帯封の札束を四つ、テーブルに置いた。

「わしはあんたに感心した。まさか、期限どおりに金を持ってくるとはな」

「借用書、書かせたやないですか」

「あんなもんは紙切れや。端《はな》から履行する気のないやつには効目はない」

白井はジャケットの内ポケットから借用書とICレコーダーを出した。矢口はレコーダーをとって再生ボタンを押す。

――ええ、頼まれました。矢口さんにサンプル見せられて、これと同じもんを作ってくれと……。

藤尾の声が聞こえた。

矢口はレコーダーの電源を切り、借用書といっしょにバッグに入れた。

「ひとつ訊いて、よろしいか」

「なんや」

「白井さんを久保さんに紹介したんは誰ですか」

「そういう質問にはノーコメントやな」

「画商の澄田ですか」

「ノーコメント」

「澄田ですね」

「しつこいのう」

白井は遮った。「探偵がクライアントのことを喋ってどうするんや」

そこへ、さっきの女が来た。カップのコーヒーをふたつ、テーブルに置く。よく見ると、色白でスラッとした、いい女だ。

「奥さんですか」

「な、わけないやろ」

白井はさも不機嫌そうにかぶりを振った。


七条通でタクシーに乗り、西大路通から吉祥院へ行った。西恭寺でタクシーを降りる。塀横の路地に入って、須崎《すざき》の家の引き戸を開けた。油絵具の匂いがする。

「こんちは。須崎さん、矢口です」奥に向かって声をかけた。

須崎が階段を降りてきた。よれよれの丸首シャツに膝の抜けたグレーのズボン。シャツもズボンも絵具だらけだ。

「仕事してはったんですか」

「直しですわ。伏見の画廊に頼まれましたんや」

「モノは」

「米澤源吉《よねざわげんきち》の八号です」

大正期の文展審査員だ。号二十万円前後か。

「剝離が多いし、キャンバスも弱ってる。手間がかかりますわ」

須崎は洋画家だが、絵が売れないから修復で食っている。矢口の見るところ、須崎の絵はデッサンもタッチも技術的には非のうちどころがないのだが、構成と色調に華がない。

モチーフをどう構成し、どんな色、どんなタッチで表現するか——。〝華〟はすなわち感性であり、学んで身につくものではないから、須崎の芽は出なかった。四十代で日展を離れ、六十代になったいまも独りで絵を描きつづけている。

「ま、入ってください。狭苦しいけど」

いわれて、畳の間にあがった。卓袱台《ちゃぶ》に丼鉢や皿、急須、牛乳の空パック、新聞、処方薬の袋——。奥の板の間は台所だ。矢口は座布団に胡座をかいた。

「今日は頼みがあって来ました。絵を一枚、描いて欲しいんです」

「わしの絵を?」

「いや、『富永絹児』です」

「ほう、富永ね……」

須崎は矢口が傍らに置いた、ふろしき包みに眼をやった。「それが?」

「これはちがう。高嶋龍一郎の『南京市街』です」

「どこかへ売りますんか」

「さっき、引き取ったんです。贋作とばれてね」

キャンバス裏の鑑定シールはタクシーの中で剝がした。

「誰に描かしましたんや」

「描かしたんやない。贋作と知ってて買うたんですわ」

「下手な贋作に手を出したらあきませんで。贋作にもランクがある。SからCまでね」

須崎の持論は、真作とそっくり同じなのが〝A〟、じっくり半日見て贋作と分かるのが〝B〟、一目で贋作と分かるのが〝C〟で、真作より巧みな須崎の贋作は〝S〟ランクなのだという。なんとも歪んだ論だが、実際、須崎の腕は〝S〟だ。須崎にはこれまで十点以上の贋作を描かせて、ばれたことは一度もない。

「富永の絵はこれです」

バッグから椎原合資会社蔵品入札目録を出した。『黄不二』を須崎に見せる。須崎はじっと眼を凝らした。

「巧い絵やな……」

「描いてくれますか。そっくり同じ絵を」

「描く。もちろん描く」

「昭和三十二年の図版やから、色は褪せてます」

原画は台風で消失したと、事情を話した。「──それで、売る相手は素人やない。画商に売ろと思てますねん」

「そら、誰に売ろうと、おたくの勝手ですわ。わしはきっちり描くだけや」

「キャンバスはこれを使うてください」

ふろしき包みを須崎の膝もとに押しやった。「『黄不二』と同じ十号で、時代もついてます。高嶋も富永も春秋会の創立会員です」

リムーバーで『南京市街』を剝離し、そこに『黄不二』を描くようにいった。

「しかし、もったいないで。なんぼ贋作でも、高嶋の絵や」

「どうせ、ほかには売れんのです。これはもう瑕物やし」

「そういうことなら、使いまひょ」須崎は了承した。

「画料は三十万でよろしいか」

「すんません。助かりますわ」

「ほな、半金を」

札入れから十五万円を出して卓袱台に置いた。

6

須崎はいったん描きはじめると寝食を忘れて集中する。『黄不二』は五日後に完成した。

矢口は須崎のアトリエで絵と図版を見比べた。タッチとディテールに寸分のちがいもない。色は絵のほうがわずかに強いが、図版の色褪せを考えると自然だ。富永のサインも完璧に真似ている。矢口は残金を渡し、絵と目録を自宅に持ち帰った。

それから一月、絵を窓際に置いてカーテン越しの自然光をあてた。絵具の艶と油の匂いが抜けて、ところどころに罅《ひび》が入った。そのあと段ボール箱に絵を入れて煙草のけむりを吹き込むと、微かにヤニがついた。そうして仕上げに砥《と》の粉《こ》と綿埃を撒き、羽根箒で払う。『黄不二』は作後八十年の時代をつけて真作に化けた。

十二月——。夕方、澄田に電話をして、相談したいことがある、といった。澄田は用件を訊いたが、画廊に行く、といって電話を切った。

矢口は『黄不二』と入札目録を持って家を出た。『黄不二』は古びたプラチナ箔の額に収めてある。

下京区晒屋町《さらしやちょう》。堀川通から西へ一筋入った郵便局の隣が『澄田画廊』だった。間口の狭い京町家を改装して表の一室をガラス張りにし、展示スペースにしている。奥で客と談笑している澄田が見えた。

矢口は画廊に入った。澄田に目礼し、壁に掛けられた絵を見ていく。土肥新太郎、谷義郎、川上修平——、号十万円前後の中堅どころの絵が並んでいた。

二十分も待って、ようやく客が帰った。澄田が立って、そばに来る。

「ごめんなさい。お待たせしました」

「すんませんな。急に電話して」

「ちょっと淋しいでしょ」

澄田は壁面を見やって、「あと十点くらいは掛けたいんですけど……」

「いや、いや。このご時世に画廊を維持するだけでも、ようがんばってはりますわ」

追従でいい、丈の低いベンチソファに座った。

「久保会長のとこ、行ってますか」

「ときどき、寄せてもろてます」

「ぼくが会長に納めた『南京市街』を引き取ったことは」

「はい、聞きました。……なにか、面倒があったそうですね」

自分で仕掛けたくせに、いけしゃあしゃあと澄田はいう。

「知らんこととはいえ、結果的に、会長に迷惑かけてしまいました」

矢口は俯き、ひとつ間をおいた。「——それで、会長に罪滅ぼしをしたいんですわ」

ふろしき包みを解いて『黄不二』を出した。澄田は絵を見て、サインに眼を落とした。

「富永絹児ですか」驚いたふうにいう。

「十年ほど前に大阪のコレクターから譲り受けて、書斎に飾ってたんです。画商のくせに、この絵ばっかりは手放す気になれんでね」

ためいきまじりにいった。「会長は前々から『富永』が欲しいというてはったんですわ。こないだの汚名を返上するには、これしかない……。そうは思たけど、ぼくは聖護院に顔出しできる状況やない。そこで澄田さんに骨折りしてもらえんかなと、そんな考えで来たわけです」

矢口は入札目録を広げた。「これこのとおり、昭和三十二年に解散した椎原合資会社の所蔵品で、『不二』四連作の〝春〟です」

澄田は応えず、目録と絵を交互に見る。

「どうですやろ。ぼくの代わりに、この絵を会長に納めてもらえませんかね」

「うん、そうですね……」

澄田は考えている。『黄不二』の真贋と、久保のところに持っていく是非を。

「失礼ですが、大阪のコレクターというのは」

「名前は明かせません。さる材木商の縁戚にあたるひとです」

「その方は、ほかにも『富永』を？」

「何点か蒐《あつ》めたそうです。藤島武二や岡田三郎助も」

「その方はなんで、この作品を？」

「そういう立ち入ったことは訊いてません。訊かんのが礼儀でしょ」

「おっしゃるとおりです」

澄田は話しながらも『黄不二』から眼を離さない。「――わたしも久保会長からは聞いてます。『富永絹児』があったら教えてくれと」

「納めてくれますか」

「分かりました。お預かりします」

澄田はいった。「それで、矢口さんのご希望は」

「八百万です」

一千万円——、とはいわなかった。相手は〝大名買い〟の美術館ではない。代表作で号八十万円が、いまの『富永』の相場だ。「礼金は一割。どうですか」

「一割ですか……」澄田は腕を組む。

「澄田さん、眼の前にあるもんを右から左に動かすだけやないですか」

「百万円ですね」

ぽつり、澄田はいった。「わたしが会長に納めるとなったら、当然ながら責任が生じます。そのリスクをみてください」

「リスク云々は心外ですな。この『黄不二』が贋物に見えますか」

「いえ、そんな意味でいうたんやないんです。お気に障ったら堪忍してください」

この男は腐っている。ひとの足もとを見て、たとえ二十万でも多くとる肚だ。

「しゃあない。おたくのマージンは百万でも二百万でもよろしい。ぼくが七百二十万もらえたら、いっさい文句はいいませんわ」

久保にいくらで売ろうとかまわない——。そう示唆した。

澄田は表情を弛めた。矢口の申し出をのみ、『黄不二』の預かり証を書いた。矢口は預かり証を受けとり、絵と入札目録を置いて画廊をあとにした。

タクシーで新京極に出た。『蓑や』で白焼きを肴に燗酒を飲む。久々に旨い酒だった。澄田は明日にでも聖護院へ行くだろう。久保はまちがいなく『黄不二』を買う。万が一、贋作とばれたところで、それは澄田と久保のやりとりだ。あとで澄田がなにをいおうと、矢口は知らぬ存ぜぬでいく。画商と画商の取引は騙されたやつが嗤われるだけだ。

なおみに電話をした。すぐにつながった。

——おれ。矢口。

——あら、こんばんは。憶えてはったんやね。

——その言いぐさはないやろ。いま、どこや。

——美容院、行くとこ。

——それより、新京極へ来いや。『蓑や』で鰻食うてるんや。

——同伴してくれるの。

——この時間に電話して、同伴せん客がおるか。

——分かった。行くわ。

――待たせんなよ。

電話を切り、燗酒を追加した。

一週間後、澄田は金を持ってきた。七百二十万円の現金はけっこう嵩《かさ》があった。久保会長に取りなしておきました――、と澄田はいったが、どこまでほんとうか分からない。矢口はもう、久保に会うことはない。七百万は預金し、二十万は飲み屋の払いに充てた。


年明け、成人の日――。岩崎から電話があった。

――矢口さん、知ってますか、東条近代美術館の話。

――残金の振込は今月末やろ。

振込を待って、キックバックの三百万円を岩崎が土屋にとどける手筈になっている。

――そうじゃなくて、富永絹児の『黄不二』です。東条近代美術館が買ったんです。

――なんやて……。

――土屋さんから聞いたんですよ。消失したはずの『黄不二』が見つかったって。

――誰が持ち込んだんや。

――誰とは聞かなかったけど、京都の画商らしいです。

——なんぼや。なんぼで買うたんや。

——千二百万円。いい値段でしょう。

受話器を持つ手が震えた。岩崎の声が遠ざかる。

矢口はこわばる指で煙草をくわえた。

老松ぼっくり

1

杉原《すぎはら》が十二神将像を二体、持ってきた。高さ三尺ほどの木造、伐折羅《ばさら》大将と珊底羅《さんちら》大将。二体とも鎧《よろい》を着て沓《くつ》を履き、岩を模した台座の上に立っている。伐折羅の武器は三股の槍、珊底羅の武器は剣だが、先が折れている。伐折羅の左腕は肘から先が折損していた。

「よろしいな。時代もある」立石《たていし》はいった。

「鎌倉は無理としても、室町はあるんやないですかね」

杉原はうなずく。「彩色もけっこう残ってますやろ。干支もちゃんとしてるし」

「戌《いぬ》と午《うま》ですな」

十二神将像は髻《もとどり》に干支の動物をつけているのが約束だ。伐折羅は戌、珊底羅は午。憤怒の形相で虚空を睨みつけている。

「これはどこから？」訊いた。

「すんません。出は堪忍してください」

杉原は浅く座りなおした。「丹波のお寺さん、とだけいうときます」

「ほかにもありますんか。宮毘羅《くびら》とか因達羅《いんだら》とか」

宮毘羅は金比羅童子、因達羅は帝釈天ともされるから人気がある。

「因達羅は寺にありましたけど、傷みが激しいんですわ。腰のあたりが虫食いで、後ろから添え木をしてました。せやから、ちょっと売り物には……」

寺にはまだ三、四体、残っているが、どれも同じように傷んでいる、といった。杉原は仏教美術を主に扱っているハタ師で、各地の寺をまわり、仏像や仏具を買って、立石の店に持ち込んでくる。立石は去年、平安時代の大般若経断簡《だんかん》と、藤原時代の焼経《やけぎょう》断簡——もとは巻物であったものが火災にあい、上下が焼け焦げている——を杉原から買い、顧客に売った。杉原は出処を明かすときもあれば、そうでないときもある。

「念のために、これはややこしいもんやないですな」

暗に、盗品ではないことを確認した。ここ数年、無住の寺から仏像が盗まれる事件が多発している。

「もちろん、ちがいます」杉原はかぶりを振った。

「で、値は」

「一体、五十でどうですやろ」

「五十ですか……」

　顧客の干支を考えた。堺の大正鉄鋼の村山《むらやま》会長は戌年のはずだ。村山は仏像を蒐集している。「はい、もらいましょ。二体とも」

「おおきに。ありがとうございます」杉原は頭をさげた。

　立石はほとんど仕入を値切らない。だから相手もふっかけはしない。お互い、プロ同士の取引だから、言い値が高いと判断したら、買わないだけだ。

「ほな、領収書くださいな。日付なしで」

　いって、立石は帳場にあがった。文机の抽斗から帯封の百万円を出し、杉原のところにもどる。杉原から領収書を受けとり、金を渡した。

「買うたからいうんやないけど、お顔がけっこうですな」

　ソファに腰をおろし、二体の神将を見あげた。顔の赤い彩色がガラス越しの自然光に映える。杉原が丁重に埃を払ったらしく、鎧の溝に施した截金《きりかね》もところどころに見える。

「これで鬼でも踏みつけてたら、申し分ないですわ」杉原は笑った。

「邪気払いまでしてもろたら、お気の毒や」立石も笑う。

　そこへ、『くつろぎ』のマスターがステンレスのトレイを持って入ってきた。コーヒーカップを立石と杉原の前に置き、ポットのコーヒーを注ぐ。くつろぎは『古美術　立石』の筋向かいの喫茶店だ。

カップに角砂糖とミルクを添えながら、マスターはいった。

「武神ですわ。薬師如来をお護りする」

「みごとな彫りですな」マスターは腕組みをして像を見る。

「マスター、干支は」

「申《さる》です」

「そら残念や。戌か午やったら、この像を勧めるんやけど」

「なんのことです」

「頭に戌と午がついてますやろ」

「ああ、そうですな。きれいに彫ってる」

マスターは顔を近づけた。「けど、よう買いませんわ」

「冗談ですがな」

「分かってます」

マスターはポットを置いて出ていった。

立石はコーヒーにミルクを注ぎ、口をつけた。

「このごろは丹波のあたりをまわってはりますんか」

「篠山《ささやま》のお寺さんで屏風を買いました」

「仁王さんですか」

杉原は角砂糖を入れた。「墨絵の芭蕉と牡丹です」

「ええもんですか」

「円山派の絵で筆は達者やけど、時代が若い。それに屏風は売りにくいしね」

「座敷のある家が少のうなりましたもんな」屏風は広い畳の間に広げるものだ。

「お寺さんはどこも逼迫《ひっぱく》してますな。檀家が寄りつかんようになって」

杉原はひとつ間をおいて、「阿弥陀さんはどないですか。高さ二尺ほどの木像を一体、預かってるんやけど」

「いつのもんです」

「ちょっと若いんですわ。よういって、江戸初期です」

「阿弥陀はね……」

阿弥陀如来像は市場に出まわっている数が多く、コレクターに人気がない。武神のような動勢がないし、伏し目がちの表情も退屈だ。「藤原、鎌倉くらいまであるんやったら、見せてもらいたいけどね」

「やっぱり、あきませんか」

杉原はカップの底に左手を添え、濃茶《こいちゃ》のようにコーヒーを飲んだ。

「誕生仏《ぶつ》はないんですか」

釈迦が摩耶夫人《まやぶにん》の腋の下から生まれたとき、自ら七歩あるいて右手で天を指し、左手で地を指して、〝天上天下、唯我独尊〟と唱えたという説話からきた像だ。赤ん坊の像だから、そう大きいものはない。還暦を迎えたひとが人生の新たな出発を祝う意味で身辺に置くことも多く、誕生仏は右から左に売れる。

「去年の冬でしたかな、笠岡のお寺さんで乾漆《かんしつ》の誕生仏を見つけたんやけど、なかなかに目端の利く住職で、言い値が高いんですわ。そら、きれいな像で欠けひとつなかった」

時代は室町、高さ一尺五寸、全体が落ち着いた赤茶色で腰布の流れもみごとだったという。「写真は撮りましたさかい、あとでお送りしましょか」

「頼みます」

うなずいた。「それで、向こうさんの言い値は」

「二百です」

「ええ値ですな」

「買うか、買わんか、迷うたんやけど、なにせ手元に余裕がないもんやさかいに」

凄腕のハタ師の杉原が迷ったのなら、ものにまちがいはない。写真を見て、いいものなら買おう、と立石は思った。

「二百三十くらいやったら、手に入れてくれますか」

「そら、もちろん」

杉原は相応の手数料を払えば動く。立石が杉原を知ってかれこれ二十年になるが、偽《ぎ》物《ぶつ》を持ってきたことは一度もない。仕入を依頼したらしっかりやる男だ。

「せやけど、このごろは世知辛《せちがろ》うなりましたわ。テレビの鑑定団の影響かして、初出《うぶだ》しに行っても素人さんに足もとを見られる。柄の折れた鋤、鍬から、雑巾みたいな刺し子の野良着まで買えというさかい、往生しますわ」

「しかし、ハタ師が初出しせんかったら商売にならんでしょ」

ハタ師は寺や民家を訪れて骨董や民具を買い、市場に流して利益を得る。これに対して立石のように店を持ち、客を相手に商売する古美術商を店師という——。

「確かに、掘り出し物は初出しでしか見つかりませんわな」

杉原とは仕入が終わると、こうしていつも話をする。客に対しても同じだ。店に入ってくる客は一日に十数人で、一見さんは少ない。馴染み客とはコーヒーや茶を飲みながら骨董談義をして、いまどんなものに興味があるかを把握する。あのひとにはこれ、このひとにはあれ、と勧めるものを考えるのが古美術店主である立石の生業《なりわい》だ。

「——どうも、長々とすんません。ごちそうさんでした」

杉原は腰をあげた。「誕生仏の写真は、今日中にメールを入れときます」

「また、おもしろいもんがあったら頼みますわ」

「こちらこそ」

頭をさげて、杉原は出ていった。

神将像二体を二階の倉庫に上げ、箱を注文するために寸法を計っていると、自動ドアの開く音がした。階段を降りる。

ソファのそばに能見《のうみ》夫妻がいた。能見はカシミアだろう、丈の長いチェスターコート、妻は襟元にシルバーフォックスをあしらったグレーのコートをはおっている。

「こんにちは。お顔が見えないから、お声をかけるところでした」愛想よく、妻がいった。

「ごめんなさい。倉庫の整理をしてました」

夫妻に腰をおろすよういった。能見はコート掛けにマフラーとコートを掛け、妻も掛けて、ソファに座った。

「今日はどこか、お寄りになったんですか」

「はい、ちょっと内覧会に」

なにの内覧会か、妻はいわなかった。

「お車は」

「近くの駐車場です」

能見が運転してきたようだ。夫妻は黒のベントレーに乗っている。

立石は薄茶を淹れ、粉引《こひき》の湯呑でふたりに出した。

「なにかおもしろいものはありますか」茶をひとすすりして、能見がいった。

「黄瀬戸の皿と古唐津のぐい呑みが入りました」

「いいですね」夫妻はうなずく。

立石は立って、奥の部屋から箱をふたつ持ってもどった。紐を解き、蓋をとる。皿とぐい呑みを夫妻の前に置いた。菊を象《かたど》った五枚揃えの皿は径五寸、ぐい呑みは高さ二寸五分だ。

「みごとな菊皿ですな」

能見は黄瀬戸を手にとった。「釉《ゆう》もよろしい。ホツレもない」

「まったりしてますやろ」

灰釉《はいぐすり》が厚くかかっていて、淡黄色というよりは緑に近い色合いだ。

能見は皿を裏返して高台《こうだい》を見た。小さくうなずいてテーブルに置き、ぐい呑みをとりあげる。掌にのせて重さを確かめ、青灰色の釉薬《ゆうやく》と赤っぽい胎土に眼を凝らす。

「この菊皿にヒラメの薄造りでも盛って、このぐい呑みで一杯やったら、さぞ旨いでしょうな」

上機嫌で能見はいい、「いかほどですか」

「菊皿は揃いで九十万円、ぐい呑みは二十万円……。百万円でお願いできますか」

「はい、けっこうです。いただきましょう」

あっさりしたものだ。ふたつ返事で百万円の買い物をする。能見は宝塚の総合病院の理事長で、品物を持ち帰ると二、三日後に振込がある。振込人は〃のうみ悠成会〃だ。

能見に限らず、店に来る顧客はみんな目利きだ。一見客も例外ではなく、ひやかしで入ってくる客はほとんどいない。〃おもしろい酒器はありますか〃〃志野の茶碗はありますか〃と、欲しいものをいって、見せると、気に入ったものや予算に合うものは買うし、そうでないものは買わない。実にはっきりしている。

『古美術　立石』がある大阪・西天満の老松町《おいまつちょう》は〃骨董通り〃と呼ばれ、九十軒ほどの画廊や古美術店が集まっている。古美術店には大まかなランクがあり、美術館クラスの茶道具や書画、やきものを扱う店が二、三軒、一級品を扱う店が四、五軒だろうか。一点数万円の日常雑器や書画を売る店も二十軒あまりある。『古美術　立石』はやきものと仏教美術を主に扱い、中でも朝鮮陶磁は美術館に依頼されて品物を納めることもあるから、その意味では〃最上位の店〃とランクされてもいいのかもしれない。

立石は持ちビルで商売をしている。敷地は十五坪で、建坪は十坪。一階は店、二階は倉庫、三階と四階を自宅にしていたが、五年前、城東区森之宮に敷地五十坪の一軒家を買って、いまはそこから店に通っている。定休日は日曜と祭日。地方へ仕入に行くときは休むこともある。

「このあいだ、塼仏《せんぶつ》を三枚、手に入れました」

能見がいった。「額仕立てにして床の間に掛けてみたんですが、駄目ですな」

「どこから出たもんです」

皿とぐい呑みを箱に入れ、紐をかけながら訊いた。塼は中国で煉瓦のことをいい、阿弥陀如来などの浮き彫りを型押しした板状のやきものを塼仏という。

「奈良の当麻《たいま》あたりの廃寺跡から出土したと聞きました」

「塼仏は額にせんと、台座に立てといたほうが趣があるでしょ」

「なるほど。簡素なものは簡素なまま、ですな」

能見はガンダーラ仏の断片や板彫胎蔵界曼陀羅《いたぼりたいぞうかいまんだら》、木彫不動明王像なども所有している。どれも立石が売ったものだ。能見の仏教美術コレクションは百点を超えるだろう。

「ウインドーに置いてられる備前の茶入は作家物ですか」能見の妻が訊いた。

「藪内《やぶのうち》家十一世の竹窓《ちくそう》です」

共箱に〝閑居友〟の銘、口辺に共繕《ともづくろ》いがあるといった。

「お値段は」

「四十五万円です」

「そうですか……」

妻はそれっきり口をつぐんだ。

立石はウインドーに皿や壺を数点並べて、ひと月ごとに展示替えをしているが、それらの品が売れることはほとんどない。ウインドーの展示品は〝目垢がつく〟といわれて、目利きの客に嫌われるのだ。また、店内に並べている品も五十点あまりと少なく、立石は客の好みに合わせて倉庫に置いてあるものを出してくる。能見のような上客は二カ月に一回くらい顔を出すから、そのたびに新しい品を見せなければならず、そのためには小まめな仕入が欠かせない。古美術店はいつも同じものを並べているのではなく、品物は絶えず回転しているものなのだ。

「失礼ですけど、能見さんの干支は午でしたね」思いついて訊いた。

「午です。昭和二十九年です」

「珊底羅大将があるんですが、ごらんになりますか」

「いいですな。珊底羅大将。見せてください」

能見は小さくうなずいた。

珊底羅大将像は売れた。箱を造るまでもなかった。値は百二十万円。売れるときはこんなものだ。能見は白布を掛けた像をベントレーのリアシートに載せて帰っていった。

能見のような上客は夫婦連れで来ることが多い。妻が夫の蒐集趣味に理解があり、とやかくいわないからだ。妻のほうが夫より熱心な夫婦もいる。いずれにせよ、年収が億を超える余裕があってこその蒐集だろう。

　立石の店で数十万円のやきものを買う客は、ひとりで来る。三十万円の茶碗を買ったときは〝十万円だった〟と妻にいい、二十万円の皿を買ったときは〝五万円だった〟と報告する。彼らは能見のように蒐めた茶碗や皿を日常的に使ったりはせず、棚に飾って眼で愉しむ。それもまた、微笑ましい。能見にしろ一般の骨董マニアにしろ、コレクターはみんな病膏肓《やまいこうこう》だが、博打や酒に散財するよりはずいぶん上質な趣味だと立石は思う。


　夕方――。一見の客が入ってきた。ひとわたり店内の品を見てまわる。手にウールのハーフコートを持ち、仕立てのいいダークスーツを着ているから、梅田あたりの上場会社の役員か。立石は客がなにか訊かない限り、こちらから話しかけはしない。

　客は絵志野の筒茶碗の前で立ちどまった。

「この茶碗、姿がいいですね」口をひらいた。

「河骨《こうほね》と秋草の絵がよろしいですやろ。鉄絵の筆が走ってます」

　しかしながら瑕がある。絵柄の裾にゴマ粒ほどの釉切《くすりぎ》れがあり、反対側にニュウ（罅《ひび》）が入っている、といった。「どうぞ、手にとってください」

　客は筒茶碗を裏返して高台を確かめ、莫蓙《ござ》棚の上にもどした。少し離れて眺める。

「志野がお好きですか」

「美濃系統が好きです」

美濃古陶には黄瀬戸、瀬戸黒、志野、織部がある——。

「その茶碗、時代は天正から慶長と見ました」

志野はそのころが盛期で、慶長中期には姿を消す。

「これで濃茶《こいちゃ》を点《た》てたら旨いでしょうね」

「お茶をやってはるんですか」

「はい、家内が」

結婚記念日に贈りたい、といった。「これほどの茶碗は安くないですよね」

「三十万円です」

「なるほど……」

「けど、ええ話を聞かせてもらいました。二十五万円でいかがでしょう」

「ああ、それだったら」

客はにこりとした。「カードでお願いできますか」

「はい、もちろん」

客は上着の内ポケットから札入れを出した。

一日の売上が二百四十五万円——。黒門市場に寄って河豚でも買って帰るか、と立石はひとりうなずいた。

2

二月――。珍しく霙《みぞれ》まじりの雨が降った日に、蒲池《かまち》が現れた。蒲池からは前日、大阪へ行くと電話をもらっていた。

蒲池はソフト帽をとり、コートを脱いでソファに腰をおろした。濃紺、ピンストライプの三つ揃いに糊の効いた真っ白のワイシャツ、織り柄のネクタイ。いつもながらにフォーマルな服装だが、ソフト帽をとった蒲池の頭頂部には髪がほとんどない。

「いやぁ、大阪は寒い。東京より寒いですな」

新幹線は雪のため、関ヶ原あたりで徐行運転だったという。

「熱いお茶を淹れますわ」

「紅茶をいただけませんか。レモンティーを」

「ブランデーを入れてもらいましょ」

『くつろぎ』に電話をして、紅茶をふたつ頼んだ。

蒲池は革のアタッシェケースから厚いクリアファイルを出してテーブルに置いた。

「今回は少し多めですが、見てください」

いわれて、立石はファイルを広げた。一ページに写真が三枚、皿や茶碗や瓶を各々、正面と裏面、底面から撮った写真だ。

「これ、点数は」

「五十二点です」

それは〝少し多め〟ではない。〝ずいぶん多め〟というべきだろう。

「いっぺんに、そんなに出してよろしいんか」

「実は、お孫さんが結婚するんです」

蒲池はソファに寄りかかった。「立石さんにはいってませんでしたが、〝山手〟のご自宅にはご長男夫妻がいらっしゃって、二世帯同居という形だったんですが、バンクーバーに赴任してられるご長男夫妻の息子さんがこの夏に結婚されることになって、日本に帰ってこられるんです。そんなわけで、敷地の中に別棟を建てているんです」

「ほう、そうでしたか」

蒲池の話はまわりくどい。山手の孫が結婚するから敷地内に家を建てていると、それだけをいえばいいのだ。

「別棟は大きいんですか」

「百二十坪の平屋です」建築家に設計を依頼した数寄屋造りの屋敷だという。

「そんな贅沢な家に新婚夫婦が住むんですか」

驚いた。いくら資産があるといえ、甘やかしすぎだろう。

「新しい邸は山手の奥様がお住みになるんです」

「ああ、そういうことですか」

「だから、この際、会長のコレクションを整理して、新しい屋敷に移ろうと、奥様は考えられたんです」

「立ち入ったこと訊くようですけど、山手家の敷地は何坪ほどあるんですか」

「八百坪です」

初めて聞いた。横浜の山手町に八百坪の敷地があれば百二十坪の別棟を建てても充分に余裕がある。

〝山手〟というのは、符牒だ。地名をそのままひとの名前にしたのは、蒲池がそう呼んでくれといったからだ。蒲池は山手家の番頭――西欧なら執事か――で、彼と取引をはじめた十三年前から、山手家の素性は一切、訊かない約束になっている。

立石は老松町のいちばんの老舗『和泉雅鳳洞《がほうどう》』の主人、常田《ときた》から蒲池を紹介された。〝名前は明かせないが、横浜の大物コレクターが亡くなった。遺族がコレクションを売りたがっている。名品揃いだが、買い取るには資金が要る。遺族は売り立てを内聞にしたいから、コレクションをあなたとぼくで一手に引き受けるという条件でどうか〟ということだった。

立石は即座に了承した。雅鳳洞の主人は立石の師匠であり、引き立ててくれる恩人でもあった。

蒲池に初めて会ったのは雅鳳洞で、彼はクリアファイルを持参していた。写真が約六十枚、品数は二十点ほどだった。常滑《とこなめ》の灰釉三耳壺《さんじこ》、備前の船徳利、猿投《さなげ》の手付瓶、鼠志野の茶碗など日本の土物《つちもの》と、高麗の無釉梅瓶《メイピン》、李朝前期の三島扁壺《へんこ》、白磁瓶、染付蕪《かぶら》徳利など朝鮮の土物が主で、時代のさがる伊万里、九谷などの磁器はなかった。

立石は息を呑んだ。まさに名品。実物を手にとるまでもなく、そのまま美術館に飾られても遜色のない逸品ばかりだった。蒲池がいうには、〝山手のもとに品物を納めていたのは東京日本橋の老舗古美術商で、山手は勧められるままに買っていたが、買値だけは帳面に付けていた。その帳面が山手の死後、金庫の中から出てきた〟ということだった。

蒲池は帳面のコピーも持参していた。《常滑灰釉三耳壺・れたう　備前船徳利・よそう》というふうにひらがなが書かれていたが、その意味は蒲池に訊くまでもなく、すぐに分かった。数字をいろは歌にあてているだけの簡単な符号だった。〝よたれそつねならむう〟を〝一～〇〟に置き換えれば買値になる。三耳壺の〝れたう〟は〝三二〇〟であり、船徳利の〝よそう〟は〝一四〇〟だから、三百二十万円と百四十万円で買ったと読める。中でも古伊賀の水指『うずくまる』は〝たたうう〟とあり、二千二百万円もの値で買ったらしかった。

立石は日本橋の老舗古美術商の名を訊いたが、蒲池は黙って首を振った。これだけの名品を納められるのは『至峰軒《しほうけん》』か『宮沢苔渓堂《みやざわたいけいどう》』にちがいない。その二軒は政財界に多くの顧客をもっていると評判だった。

写真で見る限り、怪しいものはなかった。どれも本物だ。染付の蕪徳利はほとんど同じ意匠の品が東洋陶磁美術館の安宅コレクションにあるし、一度は手に入れたい古伊賀の水指『うずくまる』もある。みんな欲しい、と立石は思った。

ご希望の値は――常田が訊くと、山手が買った半額を――と蒲池は答えた。妥当な値だった。山手の買値は総じて相場より高かったが、半値なら商売になる。ほんとうの名品はさほど苦労せずに捌《さば》けるのだ。

常田と立石は帳面のコピーを預かり、別室で相談した。常田も買いたいという。山手コレクション約二十点の買値の総額は七千万円で、その半額は三千五百万円だったが、とりあえず常田と立石で千七百五十万円ずつ出し、それぞれがどの品をとるかは、あとで籤《くじ》を引こうということになった。

常田と立石は応接室にもどり、購入の意志を伝えた。蒲池は品物を雅鳳洞宛に美術運送で送るといい、ものにまちがいがなければ三千五百万円を振り込んでもらいたいといって、三協銀行横浜中央支店の口座番号をメモに書いた。口座の名義人は《山手恒産蒲池稔《みのる》》だった――。

「いま、ふっと思い出しました。蒲池さんと初めて会うたときのことを」

立石はいった。「あの日も雨が降ってて、えらい寒かった。蒲池さん、モスグリーンのソフトを被ってはりましたな」

「ああ、まだ持ってます。ノックスの中折れ帽」

「帽子がお好きですね」

「好きというよりは、防寒具ですね。夏は日傘の代わりです」

蒲池は頭を撫でた。蒲池は夏、パナマ帽を被っている。「――常田さんがお亡くなりになって、十年ですか」

「そう、十年です。常田さんには、ほんまに世話になりました」

雅鳳洞は長男が継いでいる。長男も目利きだが、顧客とのつきあいを億劫がるせいか、段々に売上が減って品物の回転も滞り、資金繰りが苦しいという噂だ。

「わたしはいまも心残りがあります。蒲池さんから初めて引き取らしていただいた品物の中にあった古伊賀の『うずくまる』。あれは籤を引いて常田さんのとこに行ったんですけど、わたしがこの商売をはじめて三十年、いちばん欲しかったもののひとつですわ」

うずくまるは出世した。常田は千百万で手に入れたうずくまるに千八百万の値をつけて雅鳳洞に置いたが、すぐにふたりの客がついた。ふたりとも古い馴染み客だから、どちらに売るとも常田は言い出せない。困ったあげくに、京都の洛鷹《らくよう》美術館にうずくまるを見せ、これを買わないかといったら、ふたつ返事で了承された。常田はふたりの客に、美術館に納める先約がある、といって諦めさせ、うずくまるを洛鷹美術館に売った。その売値が二千三百万円だったというから、常田もけっこう商売人だ。うずくまるはいま、洛鷹美術館の常設展示品としてガラスケースに入れられ、第一室に置かれている。いずれは重要文化財に認定されるだろう。

常田の死後、立石は蒲池から二百点あまりの品物を買ってきた。中でもいちばんの目玉は李朝中期鉄絵大壺で、素朴な獅子の絵がおもしろく、洛鷹美術館に六百五十万円で納めた。鉄絵大壺はうずくまるの隣に展示されている。

『くつろぎ』のマスターが紅茶を持ってきた。ガラスの小瓶にブランデーを入れている。蒲池は十滴ほどのブランデーを紅茶に落とした。

「普段はなにを飲まれるんですか。ワイン、コニャック、スコッチ？」立石は訊いた。

「いえ、洋酒よりは日本酒ですね」

蒲池は紅茶を混ぜる。「夏は冷酒、冬は燗酒、芋焼酎も飲みます」

一年四百五十日は酒を飲んでいる、と蒲池は笑った。

「でも、飲めなくなりましたよ。若いころは一升でも平気だったのが、いまは三合で寝てしまいます」

「そのお齢で三合はお強いですよ」蒲池は七十歳近いはずだ。

「立石さんは」

「わたしは不調法で、ビール一缶に、スコッチが四、五杯ですかね」

「毎日ですか」

「一年四百五十日です」

「ぼくと同じじゃないですか」

蒲池はまた笑った。「話は変わりますが、近々、眼の手術をします」

「ほう、そうですか……」

蒲池の眼を見た。「白内障？」

「前々から医者にいわれているんです。手術しましょうと」

蒲池はいった。「立石さん、眼は？」

「老眼だけです」

ときどき、不整脈が出る。眩暈《めまい》がして起きられないこともある。毎年春の人間ドックで低血圧と貧血を指摘されるが、薬は服《の》んでいない。「──骨董は齢をとるほど味が出るけど、人間は老いぼれるだけ。なんか知らん、おかしな商売してると、つくづく思います」

「好きなものを商いして暮らせたらいいじゃないですか。ぼくは羨ましい」

「病膏肓ですわ。お客さんもみんなそうですけど」

立石は紅茶を飲んだ。「いっぺん、どうですか。こちらにお泊まりになって、新地あたりで食事をするのは」

「ありがとうございます。……しかし、明日も仕事ですから」

蒲池は年に一、二回、大阪に来るが、いつも日帰りする。彼は毎日、山手恒産の事務所へ行き、山手家の不動産管理や雑務をこなさないといけないらしい。

雅鳳洞の常田は山手の素性を明かさないまま亡くなったが、立石は蒲池から折々に話を聞き、山手が誰なのか見当をつけた。戦後財界の大立者で政界にも籍をおいた大迫《おおさこ》亨《とおる》だ。

大迫は明治四十一年、大同製紙社主大迫有介の長男として生まれ、慶応義塾政治科を卒業後、父が築いた大迫コンツェルンの後継者として大洋製糖社長となった。戦後、連合国占領下で公職追放となったが、昭和二十五年に復帰。昭和二十九年に大同製紙社長となり、その六年後には五十一歳の若さで日本商工会議所会頭となった。大迫は民自党総裁岸井省三に誘われて神奈川一区から衆院選に出馬。当選して議員となったが、岸井の狙いは大迫の莫大な資産だったといわれる。

大迫は岸井引退後、派閥を継承して大迫派とし、民自党政調会長や経済企画庁長官などを歴任したが、派閥維持に私財を注ぎ込む結果となり、大迫コンツェルンは解体されて資産の多くを失った。その後、大迫派が細るとともに権力闘争にも興味を失い、派閥を解散して政界から身を退いた。大迫亨は平成十一年、九十歳で死去。横浜山手町の邸と横浜市内のいくつかのビルが残った――。

立石が見るに、蒲池は代議士大迫亨の地元秘書で、大迫の引退後、大迫家の資産管理会社である大迫恒産の責任者になったようだ。

「山手家の当主はいったいどれほどの骨董を蒐めてはったんですか」

ファイルの写真を仔細に見ながら、立石は訊いた。

「それがわたしにも分からないんです。多いときは千点を超えていたと思いますが」

蒲池は山手の生前、蒐集の手伝いやコレクションの整理をしていなかったので、正確な数は知らないという。「山手はものに執着しない性格《たち》でしたから、お客様がいらっしゃって、応接間に置いてある美術品を気に入ったといったら、その場で箱に入れて進呈していました」

お客様、というのは派閥の子分だろう。小遣い代わりに渡したのだ。

「ご当主は書画とやきものと、どっちがお好きやったんですか」

「それはやきものでしょう。山手が自分で蒐集したんですから」

山手の屋敷には書画が二、三百点あったが、どれも先代が蒐めたもので、山手本人は書画には興味が薄かったようだという。「しかしながら、応挙とか若冲とか大観とか、わたしでも知っているような大家の作品がたくさんありましたし、茶室にはいつも鐵斎や大雅の水墨画が掛かってました」

以前、蒲池に聞いた話では、書画は名古屋と京都の大手画廊数軒に引き取らせて、その総額が十億円を超えたというから、いかに上質なコレクションだったかが分かる。

大迫家がなぜ、東京の画廊に書画を売らなかったのか——。それは、ひとえに大迫家の体面だろう。だから、常田や立石にも素性を明かさず、いっさいを内聞にするという約束で、遠い大阪までやきものを売りにきているのだ。

ファイルを繰る手がとまった。牡丹染付の皿だ。柔らかな白釉の地肌にやや緑がかった呉須の牡丹が滲《にじ》むように浮かんでいた。素朴で上品で、いかにも滋味がある。皿の脇に添えられた折り尺を見て、立石はアッと声をあげた。

「この皿、十一寸やないですか」

「そう、十一寸です」

蒲池はうなずいて、帳面のコピーを開いた。《李朝染付龍文十一寸皿・ららう》とあり、《鈍翁《どんのう》、耳庵《じあん》、経る》と添え書きがあった。

「これは……」

鈍翁とは、三井財閥総帥で利休以来の大茶人といわれた益田孝。耳庵とは、東邦電力社長で〝電力の鬼〟と称された松永安左ェ門だ。「鈍翁から耳庵に渡って、山手家に来た皿ですか……」

「わたしも調べました。朝鮮陶磁で一尺を超えるものは珍しいようですね」

「珍しいどころやない。これほど大振りの李朝染付は初めて見ました」

高麗、李朝とも、朝鮮陶磁に大皿はほとんどない。八寸皿はおろか、七寸皿も。その理由は諸説あるが、韓国料理は種々の鍋料理をはじめとして汁物が多く、皿よりも鉢が器の主体になったといわれ、また、染付の装飾皿といった豪華なものは用途が限られており、大皿に食べ物を盛って大勢で食べる宮廷や両班《ヤンバン》の邸内で主に使用されていたとされている。

十一寸皿はしかし、高台裏にホツが数カ所、縁の二カ所に小さな欠けが見えた。欠けには共繕いの直しが入っている。〝ららう〟は〝八八〇〟だから、大迫は八百八十万で買ったようだが、これが完品なら二千万は堅い。

「いや、名品です。すばらしい」

「そういっていただけると、わたしもうれしいです」蒲池はわずかに表情をくずした。

立石はファイルの写真をすべて見た。五十二点の品物に怪しいものはなかった。

蒲池は帳面の符牒を数字に換えた。合計して、一億一千二百万円。半額なら五千六百万円だが、五千万円でいかがですか、と蒲池はいった。

「今回は数が多いので、ご都合がわるければ、半分でも引きとっていただければ……」

「いえ、みんないただきます」

言下にいった。蒲池から品物を買って損したことはない。これまで二百点以上の品物を引きとったが、一点として偽物はなかった。目利きの骨董マニアには垂涎ものの品ばかりなのだ。

「ありがとうございます。大阪へ来た甲斐がありました。いつも気持ちのいい取引をしていただいて感謝しております」蒲池は両膝に手をあてて頭をさげた。

「そのお言葉はそっくりお返しします。うちも商売やし、充分に儲けさせてもろてます」

「ところで、今回はお孫さんの結婚という事情もあって、これまでとはちがう口座に振込をお願いできますか」

「はい、けっこうです。口座を教えてください」

「三協銀行山手町支店です」

蒲池は名刺の裏に《山手恒産　蒲池稔　0385××》と書いた。「――じゃ、品物は今週中に美術運送で発送します」

「分かりました。到着したら検品して、五千万円を振り込みます」

大きな取引だが、ほんの一時間で終わった。

〝骨董屋でいちばん大切なんは仕入です。一にも仕入、二にも仕入、それに尽きます〟

――師匠の常田の口癖だった。

3

そうして半月――。

大迫家から買った五十二点の品物は三分の一が売れた。常連の客は〝なにか、おもしろいものは入ったか〟と、ひと月に一回は顔を出すから、各々の好みに合わせて品物を見せる。李朝三島壺や白磁合子《ごうす》など、二百万円までの値付をしたものは、あっというまに売れた。いくら不況とはいえ、コレクターは好きなものには金を惜しまない。

昼前、杉原が誕生仏を持ってきた。以前に頼んでいた、笠岡の寺の持仏だ。高さ一尺五寸、頭は無髪、上半身は裸、両の腕で天と地を指している。掌に載せてみると、いかにも軽い。乾漆造は粘土原型に布と漆を何層も塗り込めて成型したあと、中の粘土をくり抜くのだ。

「ほんまに、ええ仏さんですな」

杉原から聞いていたとおり、瑕ひとつない。時代も室町はありそうだ。「代金は二百三十で？」

「はい、二百三十で」

　立石は現金で支払い、領収書を受けとった。

「――後ろにある絵刷毛目の俵壺《ひょうこ》、みごとな出来ですな」杉原はいった。

「ああ、あれはこないだ、手に入れました」

　振り返って、いった。李朝の俵壺だ。白磁に鉄絵で魚と睡蓮を描いている。

「参考までに訊いてよろしいか」

「値段ですか」

「すんません」

「三百五十です」口縁《こうえん》に共繕いがある、といった。

「形がかわいらしい。絵も素朴で、わざとらしさがひとつもない。なんとも、みごとな壺ですわ。ハタ師のわたしが欲しいくらいです」

「そういってもらえると、うれしいですな」

「どこか、交換会に出てましたんか」

「いや、個人のコレクターからいただきました」

　立石は大阪美術倶楽部の会員ではない。仕入は京都と奈良の業者交換会に行くことが多いが、最近はいいものが出ないから足が遠ざかっている。交換会に出る安いものは、偽物か瑕のひどいものばかりだ。

そこへ、電話――。子機をとった。

――古美術立石です。

――おはようございます。滝沢《たきざわ》です。

――あ、どうも。おはようございます。

洛鷹美術館の学芸部長だった。

――今日、五時のお約束でしたが、館長に急用が入りまして、時間を変更していただけないでしょうか。

――はい、わたしはいつでも。

――まことに勝手ながら、午後二時では……。ご無理なら、日を改めます。

――分かりました。二時にお伺いします。

――申し訳ありません。よろしくお願いします。

電話は切れた。

「杉原さん、コーヒー頼もうと思たんやけど、出かける用事ができました」

「あ、そうですか。ほな、わたしは失礼します」

「追い出すようで、すんませんな」

「なにをいわはりますやら」

杉原は手提げのポーチに金を入れて出ていった。

京都嵐山堂ノ前町――。洛鷹美術館の駐車場に車を駐めた。風呂敷包みを持ち、東玄関から館内に入って二階へあがり、学芸室のドアをノックする。はい、と返事があり、澤井《さわい》がドアを開けた。

「こんにちは。お待ちしてました」

愛想よく、澤井はいった。工芸が専門で、近代陶磁、木工、漆、染織などに詳しい。

「滝沢は館長室です。わたしも同席していいですか」

「はいはい、どうぞ。見ていただくひとが多いほうが張り合いがあります」

「朝鮮陶磁は不得意ですけど、勉強させてもらいます」

澤井とふたり、館長室に入った。館長の河嶋《かわしま》と滝沢がソファに並んで座っていた。挨拶を交わして、立石は河嶋の、澤井は滝沢の向かいに腰をおろした。

「立石さんからメールをいただいて、びっくりしました」

滝沢がいった。「写真を見ただけで分かります。どれも名品ですわ」

「そういっていただけるのがなによりです。お目汚しにならんかったらええんやけど」

風呂敷包みを解いた。箱は三つ。高麗青磁陽刻皿を出した。

「いいですね」

滝沢がいった。皿を手にとって肌を確かめ、裏に返して高台まわりを見る。「釉が厚いのに透明感がある。カセ肌も自然です」

カセとは、風化のことをいう。高麗青磁に伝世品はほとんどなく、出土品特有のカセが見られるのだ。

河嶋と澤井も皿をじっくり見た。河嶋は仏教美術が専門だが、やきものにも目が利く。

次に、立石は白磁黒象嵌瓶を出した。二合徳利ほどの小ぶりなものだ。胴が張り、のびやかな造形だ。

「これは直しも繕いもない完品です」

使用に伴う自然なスレはある。両班が酒を入れて飲んだのだろう。

「みごとです」滝沢は掌で胴を撫でた。

立石は三つめの箱の蓋をとった。李朝染付龍文十一寸皿を出す。河嶋の前に置いた。

三人とも黙りこくって、ただじっと皿を見つめていた。十一寸皿の稀少性を知っているのだ。滝沢は手にとろうともしない。

「この品には由緒があります。鈍翁と耳庵の持ち物でした」

「鈍翁、耳庵……」

河嶋がつぶやいた。「さすが、名品中の名品ですな」

「気に入っていただけましたか」

「これを気に入らないキュレーターはいないでしょう」河嶋はうなずいた。

「この三品、当館にいただきたいと存じます」

滝沢がいった。「――それで、立石さんの心づもりは」

「二千万円です」

李朝染付龍文十一寸皿が千二百万、高麗青磁陽刻皿が三百万、白磁黒象嵌瓶が五百万、といったが、ここからが交渉だ。いくら相手が美術館といえ、付け値どおりに決まることはない。

「いかがでしょう。千五百万円では」

「いえ、それはちょっときついです」

「いままでのつきあいがあることですし、三点まとめていただくということで、お願いできませんか」

「わたしも、もう、これだけの名品を入手できることはないと思てます。正直いうて、千五百万では苦しいんです」

「じゃ、中をとって、千七百五十万円では」

「すんません。意地を張るわけやないんですけど、二千万円は考えに考えた末に付けた値です」

「分かりました。千八百万円です」

河嶋がいった。「それでお譲りください」

思いどおりの値だった。千八百万なら文句はない。洛鷹美術館のオーナーは伏見の緋鷹酒造だから、資金的に余裕がある。

「ありがとうございます。ほな、千八百万円で」立石はいった。

三点の品物を預けて洛鷹美術館をあとにした。美術館側は改めて真贋を鑑定し、真作と見極めたら、今月末に代金を振り込んでくる。立石がみるに、滝沢は日本古陶磁と朝鮮陶磁に関して第一級の目利きだ。

立石はまっすぐ大阪へは帰らず、古門前《ふるもんぜん》の骨董街に寄った。唯陶軒《ゆいとうけん》や萬儒堂《ばんじゅどう》は顔が差すから、ほかの店を見て歩く。なんとも、ろくなものがない。一見して怪しいものがあれば、真作もあるが、総じて付け値が高い。観光客の多い骨董街の弊害だろうか。

それでも、東大路通近くの店で象牙の蟋蟀《こおろぎ》籠をひとつ買った。闘蟋《とうしつ》の蟋蟀を運ぶための小さな虫籠だ。五百円玉大の染付の餌皿もついていた。蟋蟀籠は仕入ではなく、ただ形がおもしろいから買った――。

4

三月――。馴染みの客を送り出して一息ついたところへ、見知らぬ男が入ってきた。

度の強そうな黒縁の眼鏡、くたびれたステンカラーのコートにグレーのスーツ、安っぽいレジメンタルタイ、ソールの反ったビジネスシューズ。立石の店には珍しいタイプの客だ。

男は店内の品物を眺めるでもなく、そばに来た。

「立石さんですね」

いきなり、名を呼ばれた。「わたし、神奈川県警の辻井《つじい》といいます」

男は上着の内ポケットから警察手帳を出して広げた。縦長で、下半分は旭日を象った金属製の徽章《きしょう》だった。

神奈川県警？　立石は訝《いぶか》った。なんで大阪府警とちがうんや——。

「実は、あなたが売った骨董品に贓品《そうひん》手配がされています」

「なんですて……」

「思いあたる節は」

「ありませんわ、そんなもん」

いってはみたが、すぐに思い浮かんだのは杉原が持ってきた品物だった。伐折羅大将と珊底羅大将、乾漆の誕生仏も買った。まさか、あの杉原が盗難仏を持ち込んだとは思えないが。

「立石さん、あなた、蒲池稔という男をご存じですね」

「誰です、それ」動揺を隠した。

「横浜の大迫家は」

「知りません」

「とぼけてもらっちゃ困る。あなたは蒲池の口座に金を振り込んでるじゃないですか」

辻井は立石を睨《ね》めつけた。「五千万もの大金を振り込んでおいて、知らないはないでしょう」

「………」

「先月の二月六日、あなたは三協銀行山手町支店の『山手恒産　蒲池稔』の口座に五千万円を振り込みましたね」

「はい……」認めた。銀行の記録に残っているものは認めざるを得ない。

「蒲池は山手町の大迫家から骨董品を持ち出しました。おそらく、七十から八十個。あなた、蒲池から骨董品を買いましたね」

辻井は数を把握していないようだった。「どうなんですか。買ったんでしょ」

「ちょっと待ってください。そういう一方的な質問に答える義務があるんですか」

「義務はありません。ただし、協力いただけないのなら、こちらとしてもそれなりの対応をします」

「なんです。対応というのは」

「家宅捜索。参考人事情聴取。場合によっては逮捕もあり得ます」

「そんなあほな。警察権力の濫用やないですか」

「だから、こうしてお願いしてるんです。事情聴取はともかく、この店に家宅捜索が入るのは困るでしょう」

辻井は声を荒らげることもなく、静かに話す。風采のあがらない男だが、こちらの痛いところを的確についてくる。

「蒲池から骨董品を買いましたね」

「蒲池さんから買うたんやない。わたしは山手恒産から買うたんです」

「なるほど。ものはいいようだ」

辻井はコートを脱いだ。「座っていいですか」

「どうぞ」

辻井をソファに座らせて、立石も座った。辻井は膝に手を組んで、

「あなたもご存じのように、蒲池は大迫家で四十年近く働いていた。民自党の大迫亨が政界を引退するまでは私設秘書、そのあとは大迫家の世話係として」

辻井の話は立石が調べたことと、ほぼ一致していた——。「蒲池は一月末、大迫恒産を退職した。長年の労をねぎらって、大迫家は二千万円もの退職金を払ったが、引き継ぎを受けた担当者が所蔵品台帳を照合すると、あるはずの美術品が大幅に足りない。ど

うやら蒲池が持ち出したらしいとみて身辺を調べたら、蒲池は三協銀行山手町支店に個人口座を作っていた。『山手恒産　蒲池稔』という口座をね」

辻井は視線をあげた。「ここまでいえば、お分かりでしょう。蒲池は大迫家の骨董品をあなたに売って、金を振り込ませたんです」

「その話はおかしいですね」

立石はいった。「わたしはいままで何百点という品物を山手家……いや、大迫家から買いました。蒲池さんとのつきあいは十三年にもなりますけど、まちがいを起こしたことはいっぺんもありませんよ」

「そりゃそうでしょう。あなたと蒲池の去年までの取引は大迫家が認めていた。だから、あなたは大迫家の口座……三協銀行横浜中央支店の『山手恒産　蒲池稔』に金を振り込んでいた。……なのに、今回は山手町支店に代わったことを、あなたは不審に思わなかったんですか」

「思うもなにも、大迫家の敷地に別棟を建ててるから、コレクションを整理すると聞きましたんや」

「なんですか、別棟というのは。大迫家は工事なんかしてませんよ」

「ほな、バンクーバーに赴任してる長男夫婦の息子が結婚して同居するというのは」

「初耳ですね。そもそも大迫家の長男夫妻には娘がふたりいるだけです」

「敷地が八百坪いうのはほんまですか」

「それくらいはあるでしょう。森の中に屋敷が建っている感じです」

敷地の北西隅にある二棟の蔵が美術品の収蔵庫だと辻井はいった。

「大迫家は蒲池さんを告訴したんですか」

「そう、刑事告訴をね」

「どういう罪です」

「背任横領です。今後の捜査で窃盗、詐欺罪が加わるかもしれません」

「わたしはなんですか。共犯とでもいうんですか」

「いまのところは贓品故買でしょう」

「冗談やない。わたしはまじめに商売をやってきた。贓品なんか買うわけない」

「そうはいっても、あなたが買ったのは贓品ですよ。蒲池が大迫家から盗んだ贓品だ」

愕然とした。立石がこれまでに売った二十点あまりの品物は盗品だったのだ。洛鷹美術館に納めた李朝染付龍文十一寸皿も、顧客に売った李朝三島壺や白磁合子も。

「仮に、わたしが買うた品物が贓品であったとしても、わたしは蒲池さんに騙されたんです。いわば、善意の第三者です」

「ほう、おもしろいことをいいますな。あなたはさっき、大迫家から何百点もの品物を買ってきたといったが、その内訳は記録として残ってるんですか」

「それは……残ってませんね」

「なぜ、残してないんですか」

「この商売は仕入を明かさんのが鉄則です。十万円で買うた品を百万円で売ることもあれば、その逆もあるんやから」

税務対策としても仕入と売上を書くのはまずい。それらはすべて立石の頭の中にある。美術品は本来、値段があってないようなものなのだ。

「だったら、証明できないでしょう。これまでに大迫家から出た所蔵品と、あなたが支払った値段の妥当性を」

「どういう意味ですか」

「あなたが蒲池にリベートを渡して、大迫家の所蔵品を不当に安い値で買ってきた可能性もなくはない」

「警察はそうやって、なにもかも悪意にとるわけですか」

声がうわずった。冷静に──と、自分にいいきかす。

「立石さん、我々はね、犯罪性の有無を考えるんです」

「辻井さん、何課ですか」

「県警本部の捜査二課です」

「経済犯とか知能犯を捕まえるとこですな」

「よく、ご存じですね」

「その程度はね」

店に警察官が来るのはそう珍しいことではない。数年に一度は天満署の盗犯係の刑事が来て、贓品手配書を置いていく。「蒲池さんはどうなったんですか」

「失踪しました。……というよりは、逃走中といったほうがいいかもしれない」

「失踪……」

「蒲池は身寄りのない男です」

結婚歴はなく、両親もいない。齢の離れた兄がひとりいたが、七年前に亡くなった。蒲池の生まれは青森だが、立ち寄った形跡はない、と辻井はいった。

「わたしは蒲池さんに会うて問いつめたい。なんで、こんなことしたんですと」

「犯罪者の動機というやつはまちまちでね、それが分からないから、こうして捜査をする。金、権力、女、恨み、保身……。蒲池は大迫家から受けた恩を仇で返したが、ほんとうの動機は本人に訊くしかない。あなた、蒲池からなにか聞きましたか」

「あのひととプライベートな話はしてません。大迫家という名前すら聞いてない。ふたりのあいだでは〝山手家〟でとおしてました」

蒲池との経緯を手短に話した。辻井は黙って聞いている。「――そういえば、最後に会うたとき、白内障の手術をするとかいうてました」

「いつです、その手術は」

「近々、とだけ聞きました」

「病院は」

「聞いてません」

辻井はメモ帳とボールペンを出してメモをした。

「今回、蒲池から買った骨董品は何点ですか」

「五十二点です」

「買値は五千万円。三協銀行山手町支店の『山手恒産　蒲池稔』に振り込んだことはまちがいないですね」

「そのとおりです」

「何点か、売れましたか」

「二十点ほど……」

「買いもどすのは」

「無理です」

「そうでしょうな」

辻井は顔をあげた。「いずれ、任意同行という形で事情聴取するかもしれません」

「横浜まで行くんですか」

任意なら同行する必要はないと思った。

「こちらの所轄署の取調べ室を借ります」

「いちいち面倒ですな」嫌味でいった。

「蒲池との取引はいつからですか」

「さっきもいうたやないですか。十三年前です」

「なぜ、横浜の人間を」

「大迫家の当主が死んで……そのときは横浜の大コレクターとだけ聞いたんやけど、所蔵品を売りたいという話があったんです。横浜や東京では処分しにくいから、ツテをたどって大阪に来たんでしょ」

「なぜ、立石さんの店に来たんですか」

「うちはやきものと仏教美術が専門で、朝鮮陶磁が多い。資金的にも無理がない。それが理由ですわ」和泉雅鳳洞のことはいわなかった。

「いままでに蒲池から何百点もの骨董を買ったといいましたよね。その金額は」

「いえません。いえるわけがない」古美術商の根幹にかかわることだ。

「立石さんはいつからこの店を」

「昭和五十六年ですわ。木造の仕舞屋《しもたや》を取り壊してビルに建て替えたんです」

当初は資金繰りに苦労したが、八〇年代のバブルにさしかかって品物は飛ぶように売れた。年間、二、三千万円の品物を買ってくれる上客が十数人、一見客も百万円単位の品物をぽんと買った。いまの年間売上はバブル最盛期の十分の一だろう。

「古美術商の前はなにをされてました」

「身辺調査ですか」

「参考までに」

「うちは父親が料亭をやってましたんや。宗右衛門町《そえもんちょう》でね。料亭には器がたくさんあるし、自然とやきものに興味を持ったんですな」

確かにいいものが揃っていた。古伊万里、古九谷、古唐津――。幼いころから名品に囲まれていれば眼も肥える。駄物には高いものも安いものもあるが、名品に安いものはない。それを胆に銘じてこの商売をやってきた。

「立石さんのようなプロに訊くのはなんですが、陶磁器の真贋は分かるんですか」

「分かります」

「どこで」

「佇まいです」

「佇まい……」

「やきものには土や釉薬や絵柄、全体の形状といった約束事があるんやけど、まずはその品物を前にしたときの感覚です。真作には嫌味がない。いわくいいがたい品がある。

それが佇まいです」

「しかし、偽物を買ったことはあるでしょう」

「ないといったら嘘になりますわ。……けど、それは欲にかられたときです。名品に掘り出し物はないんです」

この男には骨董趣味があるのだろうか。要らぬことばかり訊いてくる。

辻井は話が逸れていることに気づいたのか、メモ帳を閉じた。ソファに片肘をついて、

「これは余計なことかもしれませんが、立石さんに対する刑事告訴を回避するつもりなら、大迫家の法定代理人と話をしてください。訴状を作った弁護士です」

「それは示談ですか」

「刑事事件に示談はありません」

「告訴を回避したら〝贓品故買〟はないんですね」

「当然でしょう。我々も手間が省ける」

逮捕するのは蒲池ひとりでいい、と辻井はいった。

「弁護士の名前は」

「江藤《えとう》だったかな……」

辻井はまたメモ帳を繰った。「江藤法律事務所、江藤徹也《てつや》」

事務所は横浜市中区太田町だといった。

「わたしの携帯も書いておきます。蒲池から電話があったら、必ず知らせてください」

辻井はふたつの電話番号を書き、メモ帳の一枚をちぎってテーブルに置いた。

5

辻井が帰ってすぐ、蒲池の携帯に電話をした。出ない。やはり逃走中なのだろうか。
メモを見て、弁護士にかけた。
――江藤法律事務所です。
女の声だった。
――大阪の立石と申します。江藤先生は。
――お待ちください。
電話は切り替わった。
――江藤です。
――初めてお電話します。わたし、大阪の古美術商の立石と……。
――ああ、聞いてます。蒲池から所蔵品を買ったひとですね。
――ついさっき、辻井という刑事さんが来ました。神奈川県警の。
――ほう、刑事が。

――いろいろ事情を訊かれました。蒲池さんを刑事告訴されたそうですね。

――おっしゃるとおりです。

――わたしは贓品故買の嫌疑をかけられてます。そんなあほな話がとおるんですか。

――とおるもなにも、そこは県警と地検の判断でしょう。あなたに対して違法性があると認識したら、強制捜査にも入るし、起訴もされます。

――それが困るんですわ。強制捜査すなわち家宅捜索でしょ。店をひっかきまわされたら商売に差し支えます。あそこはとんでもない仕入をしてるという評判がたって、お客さんを失います。

――それはあなたの身から出た錆《さび》じゃないんですか。

くそっ、失礼なやつや。えらそうに――。

――告訴の取り下げはできんのですか。

――刑事告訴は取り下げできません。

――ほな、どうしたらいいんですか。お知恵をください。

――立石さん、わたしは大迫家の法定代理人です。いわば敵方であるあなたに余計なアドバイスをするわけにはいきません。

――そこをまげてお願いしますわ。刑事さんが先生の電話番号を教えてくれたんです。

――困りましたね。

しばらく間があった。

――分かりました。あなた、大迫家に損害賠償するお考えは。

――あります。

――五千万円ですよ。

――それは無理です。全額は。

――しかし、大迫家は五十二点の所蔵品を失って、一銭の金も受けとっていない。いくら蒲池が拐帯《かいたい》したといっても、あなたという買取り手があってこその所業でしょう。

――先生、わたしは善意の第三者です。

――だったら、法廷でそう主張してください。

――賠償金か解決金か名目は分からんけど、二千万円ならどうですか。

――駄目です。大迫家が納得しない。警察もあなたと蒲池の共謀を疑ってます。

――無茶苦茶や。推理小説の話やないですか。

――あなたは蒲池と共謀して、いったん蒲池の口座に五千万円を振り込んだ。あとで山分けにした可能性もなくはない。

――よう考えてください。わたしは蒲池に五千万を払った上に、二千万も出すんですよ。あんまり、かわいそうやないですか。

――あなた、所蔵品を手に入れたじゃないですか。売って利益を得たはずです。

さすがに弁護士は口がうまい。痛いところを衝いてくる。

――半額の二千五百万なら出します。それで大迫家と交渉してもらえんですか。

――どんな交渉を。

――それは先生が考えてください。代理人なんやから。わたしはとにかく、家宅捜索が困るんです。

――あなたのお考えは聞きました。大迫家と相談します。

――わたしの電話番号をいいますわ。

伝えて、電話を切った。つづけて上垣《うえがき》の携帯に電話をする。すぐに出た。

――もしもし、おれ。立石。

――おう、久しぶり。元気か。

――ぼちぼちやってる。ちょっと相談に乗ってくれへんか。

――なんや、トラブったんか、偽物でも売って。

――そんなんやない。贓品故買容疑や。刑事が来た。

――そら、洒落にならんな。

――今晩、空いてるか。

――先約があるけど、断る。おまえの頼みやったら。

――すまんな。新地で河豚でも食お。『加茂惣』や。

——分かった。七時やったら行ける。

電話は切れた。ありがたいと思う。上垣は高校からの友人だ。

七時——。上垣は加茂惣の座敷で湯引を肴にヒレ酒を飲んでいた。長押《なげし》にコートとスーツの上着を掛けているのは、事務所から直接来たのだろう。

「わるい。おれが誘いながら待たしてしもた」

立石は座卓の前に腰をおろした。

「時間より先に来たんはおれの勝手や」

上垣は手を叩いた。着物の女将が顔を出す。立石はビール、上垣は注ぎ酒を頼んだ。

「——贓品故買て、知らんとやったんか」

「あたりまえや。知ってたら買わへん」

「どういうこっちゃ。詳しいにいうてくれ」

上垣は箸を置き、座椅子にもたれた。顔が黒いのはゴルフ焼けだろう。上垣は北野高校から阪大法学部へ行き、四回、司法試験を受けて弁護士になった。専門は民事。金融関係に強い。顧問先を多く持っている。

「実は今日、神奈川県警の刑事が来た——」

立石は経緯を話した。上垣はときおり質問を挟みながら聞く。初めて立石に見せるプロの顔だった。

「——そんなわけで代理人と話した。たぶん、大迫家の顧問弁護士やろ」

「それでおまえは金を払うんか」上垣は注ぎ酒に河豚の皮を移した。

「筋がちがうかもしれんけど、向こうの弁護士には払うというた」

「そいつはしかし、両刃の剣やぞ。故買を認めたことになるかもしれん」

「そこは分かってるつもりや。けど、家宅捜索はあかん。老松町でやっていけんようになる」

　思い浮かぶのは『斉々堂』だ。道祖神や野仏を大量に盗んでいた窃盗団から品物を買い、贓品故買容疑で大阪府警から家宅捜索を受けた。起訴はされなかったが噂になり、客が寄りつかなくなって廃業した。つい一昨年のことだ。

「しかし、分からんのは、五千万の横領で刑事が来たことや」

　上垣はいう。「なんぼ刑事告訴したというても、警察はそう軽々に動かんぞ」

「そこんとこは説明がつく。大迫亨や。十三回忌が済んだというても、元は大迫派の領《りょう》袖《しゅう》や。まだ現役の子分も民自党におるやろ」

　大迫家は横浜の政界、財界、そして警察関係にも影響力があるだろうといった。

「辻井いう刑事は上層部にいわれて来たんやな」

「おれはそう思う。辻井はいかにも出世志向いう顔してた」

「階級はなんや。警部補か」

「いや、そこまでは知らん。警察手帳をちらっと見せただけや」

「めんどくさいのを相手にしてしもたな」

「辻井か」

「いや、大迫家や」

「蒲池にはいままでぎょうさん儲けさせてもろた。これが税金かもしれん」

「しかし、二千五百万は払いすぎとちがうか」

「そういうてしもたんや。向こうの弁護士に」

今回の五十二点は少なくとも八千万円で捌ける。そんな考えがあるから、つい甘くなってしまったのかもしれない。

「とにかく、代理人から連絡がくるのを待て。おれは刑事事件に疎《うと》いから、ヤメ検の弁護士に訊いてみる。金を払うことの是非と金額についてな」

「すまんな。相談料も払わずに」

「どこか連れてってくれ。新地の高級クラブに」

「分かった。どこでも連れてったる」

襖が開いて、河豚刺しが来た。一尺二寸の平皿は今出来の伊万里だった。

6

二日後――。上垣から電話があり、金を払うのは待て、といった。

――ヤメ検と話をした。しばらくようすを見ろという意見や。

――どういうことや。

――おまえと蒲池の共犯関係について、検事が〝捜査経済上不必要〟と判断するか、〝大迫家という有力者がからむ案件であり、立証の意義がある〟と判断するか、そこが定かでないという意見なんや。

――おれは共犯やないぞ。蒲池が持ち込んだ品物を……。

――分かってる。最後まで聞け。

――ああ……。

――問題はおまえが払う金の名目や。〝賠償金〟は絶対にあかん。故買を認めたことになる。〝慰謝料〟や〝解決金〟もあかん。せいぜい〝迷惑料〟とでもするのがベターやけど、それで強制捜査が回避できるとはいえん。

――しかし、大迫家に誠意を見せるのはわるいことやないやろ。

――これがもし民事提訴やったら、おまえが大迫家に迷惑料を払うことで取り下げもあるんやけど、いったん刑事告訴をしたら、あとは警察と検察の領分なんや。

――蒲池が逮捕されたら、おれの正当性が証明されるんとちがうんか。

――凶悪犯でもない蒲池の逮捕に人員を割くほど警察は暇やない。指名手配するくらいが関の山や。

――ほな、おれはどうしたらええんや。

――そもそも、個人に対する家宅捜索は抜き打ちが原則や。それを辻井とかいう刑事が口に出したんは、リークなんか、ブラフなんか、狙いが分からん。……とにかく、代理人から連絡があっても金は払うな。おれに知らせてくれ。

――分かった。そうする。

フックボタンを押した。

週明け――。江藤から電話があった。立石の意向を大迫家に伝え、了承を得たという。大迫家は蒲池の刑事罰だけを求めており、これ以上、ことを荒立てる考えはない、と江藤はいった。

――二千五百万円は大迫恒産に振り込んでください。メモしてもらえますか。

――はい、どうぞ。

――『三協銀行横浜中央支店、大迫恒産、高畑芳郎《たかはたよしろう》』、口座番号は０１６９３××です。
——高畑さんは大迫恒産の代表者ですか。
——そう、蒲池のあとの代表者です。
——蒲池さんの行方は分からんのですか。
——そのようですね。警察はなにもいってきません。
——毎日、蒲池さんの携帯に電話してるんやけど、つながらんのです。
——それはそうでしょう。逃げちゃったんだから。逃走資金も潤沢だし。
ひとごとのように江藤はいう。
——ところで、振込はいつですか。
——はい、今月中には。
——今月はあと十五日もありますよ。
——すぐには用意できんのです。二千五百万もの大金は。
——とりあえず、半分でも振り込みましょうよ。わたしの顔も立ちますから。
——そこは猶予してください。うちも余裕があるわけやないんです。
——しかたないですね。大迫家に伝えておきます。
さも不機嫌そうに江藤はいい、電話は切れた。
江藤のものいいが腹立たしかった。所詮は大迫家に仕事を依頼された代理人ではないか。弁護士が金のことばかりいってどうする。

上垣に連絡しようと子機のモニターを見て、いまの電話が携帯からかかったことに気づいた。090・5488・23××――。

江藤は出先から電話してきたのだろうか。大迫恒産の口座番号は手帳を見ながらいったのだろうか。

妙やな――。なにかしら、ひっかかった。弁護士は担当案件の資料があり、スタッフもいるオフィスから業務上の電話をするものだが。

立石はパソコンを起動させた。《横浜 江藤法律事務所》を検索する。一件だけヒットした。所在地は《横浜市中区太田町》で、弁護士名は《江藤徹也》だ。

そうか、考えすぎか――。

念のため、辻井から受けとったメモを見た。電話番号がちがう。局番は同じだが、後ろの四桁がまるでちがう番号だった。

子機をとり、パソコンを見ながらボタンを押した。

――江藤法律事務所です。

――大阪の立石と申します。江藤先生は。

――あいにく、出ております。

――いつ、お帰りですか。

――地裁の公判廷に入っておりますから、午後三時には。
――いま、裁判中ですか。
――失礼ですが、江藤とはどういうご関係でしょうか。
――大迫家の関係者です。
――はい？
――民自党の大迫亨、ご存じですよね。江藤先生は大迫家の法定代理人でしょ。
――ごめんなさい。業務上のことはお答えできません。
どこか話が嚙みあわない。江藤が裁判中というのもおかしい。
――江藤先生の携帯番号ですけど、〇九〇・五四八八の二三××ですか。
――携帯の番号はお教えできません。
――五四八八の二三××。この番号がまちがいかどうかだけ、教えてください。
――ちがいます。
――そうですか。どうもありがとうございました。
電話を切り、着信のリダイヤルボタンを押した。すぐにつながった。
――江藤先生ですか。大阪の立石です。
――はい、なんでしょう。
――半金を今週中に振り込みます。

――それはよかった。大迫家の心証もよくなるでしょう。

――残りの半金も月末には。

――そうしてください。

電話を切った。時計を見る。一時二十分だ。新大阪駅までタクシーを飛ばせば、二時すぎののぞみに乗れる。新横浜着は五時前だろう。

立石は江藤法律事務所の周辺地図をプリントし、コートを手にとった。

新横浜駅からJR横浜線で横浜駅。タクシーで太田町へ走った。江藤法律事務所は横浜地裁のすぐ近くだった。

古めかしい煉瓦タイルのビル、エレベーターで五階にあがった。薄暗い廊下の突きあたりが《江藤法律事務所》だった。

ドアをノックした。はい、と返事があった。中に入る。短いカウンターの向こうに女性が座っていた。

「大阪の立石といいます」

低頭した。「江藤先生、いらっしゃいますか」

「さっきの電話の方ですか」少し驚いたようすで、女性はいった。

「ちょっと確かめたいことがありまして、あのあと、新幹線に乗ったんです」

名刺を差し出した。女性は立って受けとり、別室へ行ってすぐにもどってきた。

「江藤がお会いします」

応接室に案内された。革張りのソファとガラステーブル、木製キャビネットがあるだけの殺風景な部屋だった。

少し待って、白髪の男が入ってきた。立石の名刺を持っている。ブルーのクレリックシャツに薄茶色のカーディガンをはおっていた。

「大阪からいらしたそうですね」

「すみません。事前の約束もなしに来てしまいました。法律相談ということで、ちょっとだけお時間をください」

「立石信夫《のぶお》さん……。古美術商をなさってるんですか」

「主にやきものを扱《あつこ》うてます」

電話の江藤と、この江藤は声がちがう。電話の江藤は四十代から五十代、この江藤は立石と同年輩だ。

「いきなり変なことをお訊きしますけど、先生は山手町の大迫家をご存じですか」

「知ってます。名家です」

江藤はうなずいた。「山手町に多くの家作を持ってると思いますよ」

「大迫家の番頭が大迫亭のコレクションを横領換金して、刑事告訴されたような話は」

「いま初めて聞きました。金額的な被害はいくらですか」

「たぶん、数千万やと思います」適当にいった。

「あの大迫家が、たった数千万円で番頭を告訴とはね」

江藤は首をかしげた。「ほかにも事情があったんでしょうな」

「先生は民事ですか、刑事ですか」

「民事です。たまに刑事もやりますが」

「県警本部捜査二課の刑事に知り合いはいますか」

「いません。課長、参事官クラスだったら、何人か知ってますがね」

「いや、どうもありがとうございました」

これ以上、話をしても時間の無駄だ。「法律相談の料金はいくらでしょうか」

「要りません」

江藤は笑った。「わざわざ大阪からいらして五分の相談じゃ、いただけませんよ」

「それでは気が済みませんわ」

「じゃ、ひとつだけ頼みがあります」

「なんです……」

「以前、依頼者から贈られた古いものがあるんですが、鑑定してもらえますか」

「はいはい、もちろん」

いうと、江藤はキャビネットから箱を出した。真田紐のかかった一尺五寸の桐箱は、いかにも造りが安っぽく、時代がない。それだけで中身の見当がついた。

江藤が箱から出したのは壺だった。一見、古伊万里ふうの色絵花鳥文染付壺だが、白地の肌が鈍く、上絵の釉も粗い。白磁に後絵付けをした偽物だ。

「けっこうな古伊万里です」

「そうですか」江藤の顔がほころんだ。

「これからも大切にしはったらいいです」

値はいわなかった。せいぜい一万円、といったら気を落とすだろう。

立石は礼をいい、江藤法律事務所をあとにした。

山下公園まで歩き、氷川丸に乗船した。船内の古い調度類がいい。船尾のデッキに立って、港を眺めながら上垣の携帯に電話をした。

——おれ。立石。

——なにかいうてきたか。江藤から。

——いうてきた。半額でも振り込めとな。

——あかんぞ。金を払うのはあかん。

——この電話、どこからかけてると思う。

——なんのこっちゃ。

——氷川丸。横浜や。

顚末を話した——。

7

あのあと、江藤からは二回、電話があった。立石は、近々振り込みます、といいつつ、江藤の反応をみた。いつ本性を出すかと思ったが、向こうも警戒しているのか、脅しめいた言葉はいっさい吐かなかった。そうして月が替わり、いつしか沙汰止みになった。

五月の半ば——。上垣から電話があった。週刊誌の『ディテール』を読め、という。

立石はコンビニで『ディテール』を買った。

その記事は見開きの二ページだった。《元経済企画庁長官故大迫亨氏の元秘書　逮捕》とある。蒲池稔は中部国際空港でフィリピンから帰国したところを、警視庁から手配を受けた中部空港警察署員に逮捕され、蒲池といっしょに帰国した義弟も逮捕されたという。

《大迫恒産の元代表・蒲池稔（69）はここ二十年にわたって大迫家所蔵の美術品を持ち出して換金し、東京都港区に高級マンションを買うなどしていたが、これが発覚して今年二月、大迫恒産を解雇された。蒲池はそれまでに持ち出していた富岡鐵斎や横山大観作の掛軸など美術品十点あまりを東京の古美術商などに見せて金を受けとったが現物を渡さず、詐欺容疑で古美術商ふたりから刑事告訴されていた。また義弟の高畑芳郎（65）は稔に協力して美術品の保管や運搬をし、売り込みの際に同席することもあった。蒲池と高畑には仲間（40代とみられる男・姓名不詳）がいるとみられ、その男が一連の詐欺を主導していたともされる。大迫亭氏の長男・大迫賢一郎氏（73）は蒲池逮捕についてコメントせず、所蔵品盗難については今後の裁判で考えを明らかにすると語った

――》

大迫家の壮大な屋敷と掛軸二点、花瓶、皿の写真が記事に添えられていた。

立石は上垣に電話をした。

――『ディテール』を読んだ。蒲池は捕まったな。

――それや、問題は。蒲池は大迫の所蔵品をちょっとずつ、くすねてたんやろ。

――おれは贓品を故買したことになるんか。

――故買やない。知らずに買うたんや。

――事情聴取に来るか、警視庁が。

――来んやろ、たぶん。

――もし、来たら？

――おまえに後ろめたいことはない。あったことをそのまま話せ。

――しかし、仕入値と売値はいいとうない。

――おまえの意思に反して喋ることはないんや。

――蒲池は疫病神やったな。

――疫病神で儲けたんはおまえやろ。

――まあな。

蒲池を恨む気持ちはなかった。

紫《し》金《きん》末《まつ》

1

夕方、洛鷹《らくよう》美術館の学芸室に古賀《こが》が来た。ちょっとええか、という。澤井《さわい》はうなずいて、廊下に出た。

「なんや、おい、びっくりしたぞ。電話くらいせいよ」

「すまんな。ちょっと近くに寄ったんや」

「コーヒーでも飲むか」

「ああ、飲も」

裏門から館外に出た。バス通りを渡って『鵯亭《ひよどりてい》』に入る。オムライスやカツレツの旨い洋食屋だが、飲み物だけでも頼める。澤井と古賀は窓際に席をとり、ブレンドをふたつ注文した。

「それで、今年はどこでやるんや」訊いた。

「えっ……」古賀の怪訝《けげん》そうな顔。

「クラス会の話とちがうんか」

古賀は京都芸大工芸デザイン科の同級生で、去年、大津の滋賀造形大准教授になった。昇進祝いを兼ねて去年の七月にクラス会をし、その席上で、古賀は今後十年間、クラス会の幹事をするといったのだ。

「忘れてた。そういや、おれ、幹事やったな」

「もうすぐ六月やぞ。会場を予約して、みんなに知らせなあかんやろ」

工芸デザイン科の同級生二十三人のうち、古賀の祝いに集まったのは十数人だった。中学、高校、大学の教師が五、六人。デザイン事務所をやっているのがふたりいた。

「おれはちょっと調子に乗りすぎたな。幹事なんかなるんやなかった」

「自分から宣言したんやろ。ちゃんとやれよ」

「日にちはいつや」

「七月の第一土曜日。たぶん、七月七日や」

「七夕か。そらええな」

古賀は笑った。「手伝うてくれや。おれが会場を段取りするから、メールをまわしてくれ」

「おれは准幹事か」

澤井も笑った。「メールのほうがめんどいぞ。いちいち出欠とらなあかん」

「ま、そういうな。友だちやろ」

そこへコーヒーが来た。澤井は煙草を吸いつける。

「いったい、なにしに来たんや。クラス会のこと忘れて」

「おっと、それや。澤井は洛鷹美術館の購入委員やったな」

「そんな肩書はない。うちの学芸員は学芸部長を入れて五人やし、美術品を買うときは、いちおう全員が集まって合議する。最終決定は館長や」

館長の河嶋《かわしま》は仏教美術、学芸部長の滝沢と部長補佐の鈴木《すずき》は日本、中国、朝鮮古陶磁、学芸員の吉村《よしむら》と新城《しんじょう》は書画、澤井は木工、漆、染織、現代作家の工芸品——と各々、得意分野があるといった。

「書画はどの時代が中心や」古賀はコーヒーにミルクを落とした。

「平安から江戸末期かな。巻物、軸、襖絵、いろいろや」

「明治以降の日本画は」

「けっこう多い。大正、昭和もある」

「小乃原寿夫《おのはらとしお》はどうや」

「大物やな」

邦展京都の日本画家だ。芸術院会員で文化功労者に選ばれた。確か、二、三年前に亡くなったはずだが。

「小乃原寿夫の『室生寺』に興味あるか」

「おれはないな」興味のあるなしより、澤井は日本画に疎いのだ。

「吉村と新城はどうや。書画が専門なんやろ」

「あるかもしれんな」

「どっちか紹介してくれへんか」

「紹介するのはええけど、理由を聞かしてくれ。話が読めん」

「おれの知り合いに画商がいてるんや。『室生寺』を買うてくれる美術館を探してる」

「美術館に売らんでも、個人に売ったらええやないか」

「それが、八点まとめて売りたいんや。『室生寺八景』連作だという。

「値は」

「十号、八点で千六百万円」

古賀のものいいが気になった。まるで画商の代理人のような口ぶりだ。吉村と新城を紹介するのはためらわれた。

「その画商には、まず、おれが会うわ」

そこで詳しい話を聞き、吉村か新城にとおすといった。

「すまんな。恩に着る」

古賀はあっさりうなずいて、ジャケットの内ポケットから名刺を出した。

《灯影舎画廊　冬木《ふゆき》塔子《とうこ》》――住所は、上京区智恵光院《ちえこういん》通分銅町《ぶんどうちょう》とある。

「女の画商か……」

「小さい画廊や。ひとりでがんばってる」

冬木は金沢の老舗画廊に勤めていたが、一念発起して京都に出てきた。こちらではまだ新参だが、画商としての経歴は長い、と古賀はいった。「澤井の携帯の番号、冬木さんに教えてもええか」

「いや、それは待ってくれ。おれのほうからこのひとに連絡する」

名刺の電話番号は固定電話だけだ。携帯のそれは書かれていない。

「できるだけ早ようにしたってくれ」

「分かった。そうする」

煙草を消し、名刺をシャツの胸ポケットに入れた。

「冬木さんて、べっぴんか」

「まぁな」

「齢は」

「四十前とちがうかな。訊いたことないし」

古賀は女好きだ。ゼミの学生とつきあっていた時期もある。

冬木塔子――雅号のような名だ。髪の長いスレンダーな女を、澤井は想像した。

古賀と別れて美術館にもどった。駐車場に新城がいる。どこかへ出かけるのか、車のドアを開けて乗り込むところだった。

新城さん——、呼びとめた。そばへ行く。

「ちょっと話、いいですか」

「はい、なんでしょう」

新城は薄茶のセルフレームの眼鏡を指で押しあげた。ダークグレーのスーツにモスグリーンのネクタイを締めている。

「いま、友だちとコーヒー飲んだんです。古賀という滋賀造形大の准教授で、知り合いの画商が日本画を売りたがってる、担当の学芸員を紹介して欲しい、と頼まれたんですわ」

「はい、それで、どういった絵でしょうか」車のドアを閉め、丁寧な口調で新城は訊く。

「小乃原寿夫の『室生寺八景』、十号の連作八点とかいうてました」

「知ってます。小乃原の代表作……というよりは、出世作、いちばんの人気作といったほうがいいかもしれません」

「小乃原寿夫は号、いくらですか」

「大きさによります。十号だと、二百万円から三百万円くらいで取引されてるんじゃないですかね」

「ぼくは二百万円と聞きました」

「それは安いかもしれませんね。『室生寺八景』だったら」

「八点で千六百万やったら、買う価値はありますか」

「どうでしょうね……」

少し間があった。新城は下を向き、澤井に視線をもどして、「値段はともかく、『室生寺八景』が洛鷹美術館の収蔵品としてふさわしいかどうかの判断だと思います。館長と学芸部長がどういわれるか。……わたしは買っておいてもいいような気がしますが」

新城はいつもこうだ。意見をはっきりいわない。好き嫌いもいわない。よくいえば慎重、わるくいえば優柔不断。購入委員会で新城の口から、ぜひともこの作品が欲しい、と聞いたことは一度もない。

新城は四十代半ばだが、結婚歴はなく、女性とつきあっている気配もない。学究肌で美術館の運営管理や展示企画よりは論文書きに忙しい。その表情や言葉に澤井は同じ匂いを感じることがあり、欧米の美術館のキュレーターの多くがそうであるように、おそらくこの男もゲイであろうと察しをつけている。そうして新城もまた、澤井に対して同じような感覚をもっているだろうが、それをあらわにすることはない。新城も澤井も洛鷹美術館学芸室の一員としてわきまえているのだ。

「買うておいてもええということなら、新城さん、ぼくといっしょに『室生寺八景』を見に行きませんか」澤井は絵より冬木塔子を見たかった。

「はい、いいですよ。つきあいます」新城はうなずいた。

「灯影舎という画廊、知ってはりますか」

「いえ、あいにく……」

「上京区の智恵光院通です」

「智恵光院通だったら、京町家文化館の下にわたしの友人の家があります」

「その画廊、ぼくは行ったことないんです」

「じゃ、行きますか。これから」

「新城さん、どこかへ出るんやなかったんですか」

「いや、大した用じゃないんです」

新しく作った眼鏡を右京区役所近くの眼鏡店に取りに行くところだった、と新城はいい、車のドアを開けた。澤井は勧められて助手席に乗る。車内には塵ひとつなく、甘ったるい芳香剤が鼻をさした。

「これ、新車ですか」

「そうです」

「洒落たインテリアですね」

「シトロエンのC3です」

「外車なんや」

シトロエンくらい知っている。追従でいったのだ。

新城はシートベルトを締め、エンジンをかけた。


車中、澤井は小乃原寿夫の絵と画壇における評価を訊いた。

「――そうですね、画面構成もデッサンも、技術的にはさほど巧くない作家だと思いますが、色遣いに独特の感性があります。そこが素人受けしたんでしょう」

新城はいい、〝奈良古寺巡礼シリーズ〟がヒットするまでは邦展評議員クラスの中堅画家だったという。「八〇年代の終わりだったか、女人高野……室生寺の伽藍《がらん》を描いた連作がJR東海のポスターに採用されたんです。テレビCMにも使われて、あれは誰の絵だ、と評判になった。それで大化けして、あとはとんとん拍子ですよ。芸術院賞をもらい、芸術院会員にもなって、二〇〇七年には文化功労者に選ばれた。文化勲章まであと一歩というところで、一昨年の春、亡くなったんです」

「いくつで死んだんですか」

「八十七歳……、八十八歳だったかな」

七十代後半で芸術院会員になって以降、見るべき絵はなく、ここ数年は小品ばかりを描いていたという。

「小乃原の小品は売れるんですか」

「売れませんよ」

新城は即答した。「小品どころか、むかし描いた大作も暴落しました」

バブルのころは号百万円、いまはその五分の一もむずかしいだろうという。

「画家は死んだらお終いです。美術市場から消えるだけです」

そう、新城のいうとおりだ。死んでなお作品の値を維持できる画家は五十人にひとり、いや百人にひとりだろうか。〝画家が亡くなれば作品が増えることはないから評価額があがる〟と考えるのは大まちがいであり、画家の死はすなわち価格の下落なのだ。

仮に日本の書画の全評価額を一兆円とする。このうち物故作家の市場額が九千億円なら、現存作家のそれは一千億円であり、その比率が変わることはない。作家が死んでも作品の値があがりつづければ、九対一の比率が九・五対〇・五になり、やがては十対〇となって、現存作家の市場は消滅してしまう。だから物故作家は舞台から降り、代わって現存作家が舞台にあがる。つまりはその繰り返しなのだ。ひとつのパイをみんなで分けあうという経済原理は冷徹であり、美術市場も例外ではない。

「しかしながら、『室生寺八景』だけは、いまだに人気があります。ぼくは個人的には評価しませんが」

「どこか気に入らんのですか」

「濫作なんです」

さも嫌そうに新城はいった。「女人高野がブームになってよく売れるから、画商は小乃原に〝室生寺〟をリクエストする。小乃原も画料が欲しいから〝室生寺〟ばかり描く。小乃原が芸術院会員になったときは、一億円の運動費を使ったと噂になりました」

「そういう俗なとこがあったんですか」

「俗ですよ。芸術院会員は自分から立候補して金をばらまかないと推挙されません」

「なるほどね」

毎年、十一月末になると話題になる。新会員の誰それはいくら使ったらしい、と。

「澤井さん、小乃原の息子を知ってますか」

「いや……。誰です」

「小乃原迪夫《みちお》。邦展の会員です。腰の低い、ひとあたりのいいひとだけど、絵は駄目です。会員まで昇れたのは父親の威光だったんでしょうね」

いわれて思い出した。迪夫とは邦展の京都懇親会で名刺を交換した憶えがある。

「迪夫は妾腹の子なんです」

「妾腹……？」

「母親は宮川町の芸妓《げいこ》です。寿夫は認知して養育費も払っていたらしい」

迪夫は京都芸大を出て、寿夫が主宰する画塾『赫光社《しやつこうしや》』に入ったという。「もし、うちが『室生寺八景』を買うとなったら、迪夫に会わなきゃいけません。彼は小乃原寿夫の所定鑑定人ですから」

〝所定鑑定人〟はともかく、妾腹云々は口に出さなくてもいいことだろう。

この男はやっぱりゲイやな——。澤井は喉の奥で独りごちた。

2

智恵光院通——。新城はコインパーキングに車を駐めた。澤井は先に降りて灯影舎画廊を探す。町家の並ぶ狭い通りの向こうに小さな案内板が見えた。

「あれですわ、たぶん」

車を降りた新城にいい、北へ歩いた。

画廊は間口が二間半ほどしかなかった。瓦葺きの軒が深く、出入口の格子戸だけが新しい。通りに置かれた案内板にはフェルトペンで〝日本画を展示しています。どうぞお気軽にごらんください　灯影舎画廊〟とだけ書かれている。

澤井と新城は中に入った。誰もいない。間口も奥行きも狭いこぢんまりしたスペースに小さなテーブルと三つの円椅子、壁面には額装の日本画が二十点ほど掛けてあった。

「しもたな。先に電話をかけるべきでした」

「開いているんだから、誰かいるでしょう」

新城は赤い藪椿の絵の前に立って、「『寿夫』……。小乃原寿夫の作だ」

澤井も『藪椿』を見た。鉛筆書きで〝六〇〇、〇〇〇〟とある。

「四号で六十万。これがいまの相場ですか」

「小乃原の小品はその程度ですよ」

「確かに、雑ですね」

花にも葉にも生気がない。運筆にも冴えがなく、ただ厚ぼったく塗り重ねただけだ。

そこへ、奥のドアが開き、いらっしゃいませ、と女が出てきた。

「ごめんなさい。気がつかなくて」と、丁寧に頭をさげる。

「洛鷹美術館の澤井といいます。実はさっき、古賀くんに会うて、この画廊のことを聞いてきたんです」

古賀は大学の同級生だといい、新城を紹介した。「ぼくの同僚で書画が専門です」

「わざわざお越しいただいて、ありがとうございます。冬木と申します」

冬木は名刺を差し出した。澤井と新城も出す。どうぞ、お掛けください——。いわれて、円椅子に腰かけた。

冬木塔子の容貌は澤井が思い描いたものとそっくり同じだった。軽くウエーブした肩までかかる長い髪、色白、切れ長の眼、鼻筋がとおっている。すらりとした長身で脚がきれいだ。齢は四十前と聞いたが、三十代の初めといってもとおるだろう。古賀が肩入れする理由が分かったような気がした。

「小乃原寿夫の作品が多いですね」新城がいった。

「小乃原先生には懇意にしていただきました」

冬木はうなずく。「以前、金沢の画廊に勤めていたんですが、浄土寺のお宅にご挨拶に伺うたびに歓待していただいて、祇園や宮川町にもよく連れていってくださいました」

「そういえば、小乃原先生は舞妓も描かれてましたね」

「艶やかで、はんなりした、すばらしい絵でした」

「冬木さんは舞妓の絵を依頼されたんですか」

「いえ、わたしは風景をお願いしてました」

「奈良の古寺を」

「はい、そうです」

にこやかに冬木はいう。声はハスキーでゆっくり喋る。ライトグレーのツーピースにワインレッドのブラウス、胸元に真珠のネックレスがのぞいている。左手の中指に小さめのダイヤのリング。ピンヒールのパンプスはブラウスと同じワインレッドだ。

「わたしが淹れたコーヒーでよければ、お飲みになりますか」

「いただきます」

「じゃ、少しお待ちくださいね」

冬木は立って、奥の別室に入っていった。

「いかにもキャリアウーマンだな」新城はつぶやいた。

「画商というよりは、クラブのちいママですかね」

「澤井さんはクラブに行くんですか」

「一昨年、縄手のクラブに連れてってもらいました。さる古刹の宗務長に」

「ぼくは行ったことがないな」

「あんなとこ、おもしろくもなんともない。そこらのスナックでカラオケしてるほうが愉しいですわ」

「澤井さん、歌が好きですか」

「けっこう好きですよ。サザンとか、髙橋真梨子とか」

「今度、行きますか。カラオケに」

「新城さんはどんな歌を？」

「ぼくは歌うより、ひとの歌を聴きたい派です」

それはそうだろう。新城がグラス片手にマイクを握る姿は想像できなかった。

冬木が朱塗りの盆を持ってもどってきた。マイセンのカップをテーブルに置く。

澤井はブラックで口をつけた。酸味の勝った旨いコーヒーだ。

「外まわりをされるとき、この画廊は閉めるんですか」

「母に留守番を頼んでます」

「お母さんは近くにお住まいですか」

「この二階です」

冬木は天井を見あげた。「母とふたりで金沢から越してきました」

母親は京都の出身で、父親は加賀友禅の画工だったという。

「わたし、金沢芸大なんです。日本画科。でも、三年のときに父が他界したので卒業はしてません。知り合いのツテで彦三町《ひこそまち》の画廊に就職して、この業界に入りました」

「苦労しはったんですね」

「いえ、いまも絵に関わっていられるのは幸せです」

「失礼ですが、彦三町の画廊は」新城が訊いた。

「紫雲堂といいます」

「そうですか……」新城は紫雲堂を知らないようだ。

「すみません。立ち入ったことを訊いてしまいました」

澤井はカップを置いた。「古賀に聞いたんですけど『室生寺八景』をお持ちやそうですね」

「はい。洛鷹美術館に友だちがいるから紹介しようとおっしゃいました」

「作品、見せてもらえますか」

「ほんとうですか。ありがとうございます」

冬木の顔がほころんだ。立って、木製キャビネットの扉を開ける。額装の絵を四点出し、隣のキャビネットからまた四点を出してテーブルに置いた。

新城は絵を一点ずつ仔細に見ていった。ときには上体を反らして腕を組み、ひとりうなずいては次の絵を見る。雪景色の石段から仰瞰《ぎようかん》した五重塔、満開の桜を近景に配した金堂、新緑に彩られた弥勒堂、紅葉に映える奥の院――。冬木は緊張した面持ちで、膝の上に手を揃えている。

「いいですね」

新城は顔をあげた。「小乃原寿夫の代表作です」

「気に入っていただけましたか」ほっとしたように冬木はいった。

「この作品は売却を希望されてるんですよね」

「はい、できれば美術館に納めたいと思います」

「参考までに、価格は」

「古賀先生には、八点で千六百万円と……」

「分かりました。購入委員会に諮《はか》ってみます」

新城はいって、「ただし、あまり期待はしないでください。購入するしないは委員会の合議だし、三件に二件は流れますから」

「それはもちろん、委員会に出していただくだけでもうれしいです」

冬木は居ずまいをただし、深く頭をさげた。

「作品の写真をお借りしたいんですが」

「ディスクでよければ、画像をご覧いただけます」

「じゃ、ディスクをお願いします」

新城はいい、コーヒーを飲みほした。


画廊を出た。コインパーキングへ歩く。

「あの絵はシルクスクリーンですよ」新城はいった。

「シルクスクリーン……」

「写真に撮った五重塔や本堂を製版してシルク原版を作るんです。原版を画面にあてて絵具を転写する。桜の花びらや紅葉の葉っぱも、シルク原版を使ったんでしょうね」

「そんなん日本画やない。版画やないですか」

「転写した下書きに絵具を塗るんです。粒子の異なった岩絵具を厚く重ねていくから、よくよく注意深く見ないと分かりません」

　こともなげに新城はいう。「小乃原寿夫は『室生寺八景』を量産しました。芸術院賞、芸術院会員と、出世するには金が要るからです。売れる絵を量産できるからこそ人気作家だともいえます」

「同じ構図の絵がいっぱいあるということですか」

「さすがにそこまではしないでしょうが、五重塔を画面の真ん中に置くか、左右に置くか、それだけでちがう絵になる。色調も作品ごとに変えますからね」

「部品をアレンジして組み替えるんや……」

「小乃原だけじゃない。最近の人気作家には写真製版のシルクスクリーンを利用するひとがけっこういますよ」

　金子顕治の『赤富士』、梶野彰之の『夜桜』、脇坂常巳の『波濤図』——新城はいくつか例をあげた。

「シルクスクリーンは日本画の技法のひとつという解釈ですか」

「作品を早く仕上げるための技法ですよ」

「量産された十号の絵が二百万というのは妥当なんですか」

「売れっ子作家イコール多作です。需要があれば作家は供給する。小乃原寿夫のファンは代表作の『室生寺八景』が欲しいんです」

「そういうもんですかね……」

心情的に同意はできなかった。日本画はもちろん、ファインアートは作家の手仕事であって欲しい。デッサン、構成、下絵、下塗り、上塗りから仕上げまで、加筆修整を含めた制作のすべてを。

「澤井さんは反対ですか、購入委員会」

「いや、出しましょ」

それで古賀には顔が立つ。今月の委員会は来週の月曜だ。

コインパーキングに着いた。澤井が料金を精算し、新城は車を出す。

「ぼくはここで失礼します。今日はほんまにありがとうございました」礼をいった。

「いいんですか。送らなくても」

「本屋に寄って帰りますわ」

「じゃ、ぼくは眼鏡屋に行きます」

新城はシトロエンのサイドウインドーをあげ、千本通へ走り去った。

案外に親切やったな――。新城の車に乗ったのも初めてなら、ちゃんと話をしたのも初めてだった。生真面目でとっつきにくい男だと思っていたが。

澤井は二条城から御池通へ歩いた。陽は暮れかかっていた。

高辻西洞院――。リビングに入ると、河嶋はガウンをはおってパイプをくゆらしていた。

シャワーを浴びたのか、髪が濡れている。

「夕飯、どうする」と、オーディオの音量を絞って訊いてきた。

「外へ出るのは面倒や。出前とろ」

「鮨か」

「中華が食いたいな」

「定食と蝦《えび》餃子と野菜スープでええな」

河嶋は携帯をとって『瀋冥』に電話をする。

「さっきまで、新城さんといっしょやった」

「ほう、どういう風の吹きまわしや」河嶋は携帯を置いた。

「智恵光院通の画廊で、小乃原寿夫の『室生寺八景』を見た」

経緯を手短に話した――。「そういうことで次の購入委員会に出すけど、館長としてはどう思う？」

「さぁな……。賑やかしで買うとくか」

「無理に欲しいことはないんやな」

「おれは小乃原寿夫は嫌いや。色はちょっと変わってたけど、写生ができてへん。筆遣いも甘い。ひともようなかったな」

邦展評議員のころはまだまじめな絵を描いていたが、芸術院賞をとり、芸術院会員になった途端、絵が一変した。デッサンもしていない雑な小品を濫作するから、眼の肥えたコレクターには売れない。そのくせ本人は大家然として、画商やとりまきには横柄にふるまう――。「〝浄土寺詣で〟とかいうてな、小乃原の邸は浄土寺の哲学の道の近くなんやけど、そこへ出入りの画商を呼びつけて、『牡丹』や『椿』の小品を押しつけるんや。……画商は泣く泣く引き取った。画料は高いし、売れる見込みはない。寿夫に呼びつけられたらほんまに浄土へ行く、と画商のあいだで囁《ささや》かれたもんや」

「そういや、画廊に掛かってた。『藪椿』や『木蓮』や『牡丹』」

「小乃原の〝花〟はろくなもんがない」

河嶋はパイプに新しい葉を詰めてマッチの火を入れた。「――しかし、灯影舎いう画廊は初耳やな」

「こぢんまりした画廊や。オーナーは金沢の紫雲堂で修業したらしい」

「名前は」

「冬木塔子」

「聞いたことあるな」

河嶋はけむりを吐いた。「――その女はきれいか」

「アイメイクばっちりで宝塚のスターみたいや。画商にしとくのはもったいない」

「それ、梁山堂《りょうざんどう》や。梁山堂の大江《おおえ》」

「なにをいうてるんや、あんた」

大江は知っている。京都画廊組合の副理事長で、梁山堂は京都で五本の指に入る老舗画廊だ。

「大江が祇園のお茶屋に連れてきたことがある。男好きのするええ女や。女将に訊いたら、いつもいっしょどすえ、と小声でいうた。その冬木とかいうのは大江の愛人や」

灯影舎画廊は大江が出資してやらせているのかもしれない、と河嶋はいった。「たぶん、大江がいうたんや。金沢でくすぶってんと京都へ出てこいと。……画廊に掛かってた『藪椿』や『木蓮』は、梁山堂から借りてるんやろ」

「見てきたようにいうな」

「大江はわるいんや、女癖が。外に子供が三、四人おる」

古賀にいってやろうかと思った。他人《ひと》の持ち物に手を出したら火傷するぞ、と。

古賀が冬木の色香に惑わされたのはまちがいないだろうが、どこまで本気なのか、見てみたい気もする。

「購入委員会の前に、いっぺん冬木に会わせてくれ」

「会うてどうするんや」

「どんな女か話をしたい。ついでに値段の交渉をする」

「館長自ら交渉とはな」よほど冬木に興味をもったようだ。

「小乃原寿夫の十号に二百万は出せん。百五十万が上限や。八点で千二百万か」

「冬木はOKするかな」

「分からん。大江に電話して指示を仰ぐかもな」

「そうか、それもおもしろそうや」

澤井は立ってジャケットを脱いだ。ソファに放ってバスルームへ行く。河嶋がオーディオの音量をあげたのだろう、ヴィヴァルディが背中に聞こえた。

3

金曜日——。冬木に電話した。河嶋に会って欲しいと伝えると、ふたつ返事で了承した。洛鷹美術館へ絵を持参しましょうか、という。それは断り、河嶋が土曜日の午前十一時に灯影舎画廊へ行くことになった。
土曜日——。『鴨亭』でランチを食っているところへ携帯が鳴った。
——はい、澤井です。

——冬木です。先日はありがとうございました。

——ああ、どうも。

——さっき、河嶋館長がお帰りになりました。

——そうですか。館長はなんと？

——購入を検討するとおっしゃってくださいました。

——それはよかったですね。

——澤井先生にお礼をしたいのですが、今日、お時間をいただけないでしょうか。

——先生はやめてください。お礼もけっこうです。

——それでは、わたしの気持ちがおさまりません。ぜひ、お時間をください。

——ま、いいですけど。

——じゃ、七時でいかがですか。

祇園町南側、祇園ホテルのバーラウンジでお待ちします、といった。

——分かりました。行きます。

気乗りはしないが了承した。今日はどうせ、河嶋は帰ってこない。

河嶋は土曜日、決められたように朝帰りをする。携帯の電源を切っているから、どこでなにしているのか分からない。二月ほど前、リビングのソファに使い捨てライターが落ちていた。《石塀小路《いしべこうじ》　紗月《さつき》》とあったから、その番号に電話をして河嶋の友人だといい、それとなくようすを訊くと、河嶋先生は甥ごさんとよう来はります、といった。河嶋には姪がいるが甥はいない。また若い男とつきあっているらしい。

腹は立ったが、思いなおした。河嶋の浮気はいまにはじまったことではない。河嶋が別れをいいださない限り、知らんふりをしていれば済む。それにまた、ふたりの関係を解消すれば、澤井は住む家を失うし、わるくすると洛鷹美術館学芸員の職まで失ってしまうかもしれない。齢の離れたパートナーとの生活は、澤井が辛抱していればこそなのだ。

好きにせいや。どうせ若い男には捨てられるんや――。

澤井はフォークを置き、エスプレッソを頼んだ。

七時、バーラウンジに着いた。冬木はカウンターに腰かけていた。アイボリーのツーピースに淡いグレーのラメ入りストッキング、ピンヒールのパンプスは白だった。

「ごめんなさい。遅れました」

「ちがいます。わたしが早く来すぎちゃったんです」

笑みを含んで冬木はいい、澤井は隣に座った。

「なにか飲まれます？　食事は七時半に予約しました」

末吉町の『ラ・ドゥリエ』。ミシュラン掲載のフレンチレストランだ。

「よう予約がとれましたね」

「とってもらったんです。秘密のコネクションで」

梁山堂の大江というコネだろう。

「ぼくはビールにしますわ」

「じゃ、わたしも」

冬木は生ビールをふたつ注文した。

「今日はまた、一段ときれいですね」

「ありがとうございます」

冬木はあっさり、そういった。普通は謙遜のひとつもしそうなものだが。

「『室生寺八景』ですけど、河嶋は値段のこといいましたか」

「おっしゃいました。一点百五十万円なら検討しましょうって」

「河嶋もシビアですね」

「八点まとめて買っていただくということでお願いしました。洛鷹美術館の館長が来られたら、いやとはいえません」

ビールが来た。冬木は一気に半分ほど飲んだ。

「酒、強そうですね」

「好きなんです」

ワインがいちばん好きだといった。「でも、ときどきブラックアウトするんです。酔いが醒めたとき、ここはどこ、わたしは誰って」

「ぼくは眼が覚めたとき、自分のベッドで寝てますわ。途中の記憶は飛んでるけど」

「わたし、ダメなんです。つぶれるまで飲むから」

「そら危ないですね」

冬木にこういわれたら男は期待するだろう。どこまでほんとうか分からないが。

「澤井さん、独身ですよね」

「ええ、そうです」ビールを飲んだ。

「つきあってる女性は」

「あいにく、縁がないんです」

「嘘ばっかり。美大でも教えてらっしゃるんでしょう」

「女子学生は対象外ですわ。講義が終わったらさっさと帰ります」

いかにも気乗りしない口ぶりでそういうと、冬木は話題を変えた。洛鷹美術館の年間購入予算や企画展のスケジュールを訊いてくる。澤井は予算にはタッチしないといい、秋に開催する『琳派の工芸展』について話をしたが、冬木は工芸には興味がなさそうだった。

『ラ・ドゥリエ』を出たのは十時すぎだった。清本町に馴染みの店があると冬木がいう。澤井は石塀小路に行きたいといった。

「河嶋ご用達ですねん。ぼくは初めてやけど」

「なんてお店ですか」

「紗月。バーかスナックやと思います」

「行きましょう。紗月」

冬木はバーキンのバッグを肩にかけ、腕を組んできた。

花見小路を南へ下がり、歌舞練場の脇から東大路通へ出た。高台寺に向かって緩やかな坂をあがる。石塀小路の由来は路地の両側に並ぶ町家の石垣が塀のように見えるからだといわれ、料亭や旅館の灯がともる辺りの情景にはむかしながらの情緒がある。

『紗月』はねねの道のすぐ手前にあった。枝折戸《しおりど》の向こうに前栽をしつらえ、その奥にガラス障子を模した引き戸の玄関、軒下に小さな行灯《あんどん》が吊るされていた。

「料理屋ですね」バーでもスナックでもなさそうだ。

澤井は枝折戸を押して中に入った。冬木も入る。引き戸を開けると、上がり框《かまち》の左から和服の女が現れた。

「あいにくどすけど、うちはご予約のお方だけお願いしてます」

「すみません。河嶋さんの紹介で来ました。洛鷹美術館の」

「ああ、そうどすか。河嶋先生の……。どうぞ、どうぞ、おあがりやしておくれやす」

冬木とふたり靴を脱ぎ、座敷にとおされた。四畳半に床の間と朱塗りの卓、かなり狭い。

「お飲み物は」

「冷酒を」

冬木がいった。澤井も冷酒にする。

「お料理はよろしおすか」

「ごめんなさい。食べてきたんです」

「ほな、軽いもんをお出ししましょ」

女は座敷を出ていった。

「いい着物」冬木がいった。

「分かりますか」

「緋色《あけ》の結城紬に海松茶《みるちゃ》の塩瀬帯、粋筋の着こなしです」

「いまのひとが女将ですか」

「でしょうね。仲居さんは結城なんか着ません」

冬木は膝をくずした。「洛鷹美術館は着物は所蔵してないんですか」

「さすがに着物までは集めてませんね。染織は古布《こぎれ》だけですわ」

「じゃ、いちばん多いのは」

「やきものです。全所蔵品の六、七割かな。その次に書画。桃山から明治までの作品がほとんどですね」

「大正や昭和の絵は」

「有名どころだけです。主に京都の。……華岳、松園、平八郎、神泉、華楊《かよう》、栖鳳《せいほう》、関雪、竹喬《ちっきょう》、印象、そんなとこかな」

「錚々たるメンバーじゃないですか」

「大作もあれば小品もある。錚々たる絵ばっかりやないですよ」

「小乃原寿夫は格落ちですか」

「それはない。文化功労者にまでなった作家なんやから」

確かに、さっきいった作家たちに比べると格落ちの感は否めない。河嶋が〝賑やかし〟で買うか、といったのはそういうことだ。

「洛鷹美術館の購入委員会って、どんなシステムなんですか」

「まず提案者が作品の説明をします。そのあと質疑応答があって、形の上では館長を含む学芸員六人の全員合意で決議します」

「全員の合意がないときは購入しないんですか」

「基本的にはしません。けど、提案者が強く推したら館長の判断で購入します」

「今回の提案者は澤井さんでしょ」

「ぼくと新城です。提案者がひとりである決まりはないし」

「じゃ、推してくださいね、強く」

「河嶋が冬木さんの画廊へ行って作品を見たんやし、流れることはないでしょ」

足音が近づいて障子が開いた。女将ではなく、年輩の仲居が冷酒と突出しを卓に置いた。

「河嶋さんはよう来るんですか」仲居に訊いた。

「館長はんどすな。嵐山の美術館の」

「石塀小路に洒落た料理屋さんがあると教えてもろたんです」

「河嶋先生はときどき、お見えにならはります」

「今日は来てませんか」

「さぁ、どうどすやろ。お見かけしてませんけど」

河嶋はもう少し早い時間に来ると仲居はいい、座敷を出ていった。

「河嶋さんがいたら、どうされるつもりだったんですか」冬木がいう。

「いや、別に。ただ訊いただけです」

「飲みましょう。ふたりっきりで」

冬木は冷酒のグラスをとり、澤井のグラスにあてた。

4

月曜日——。東山七条の美大で『現代工芸概説』の講義を終え、嵐山へ行った。『鵯亭』で遅い昼食をとり、洛鷹美術館の会議室に入ると、新城が『室生寺八景』の写真を長テーブルに並べていた。

「それ、ディスクのデータですか」

「そうです。さっきプリントしました」

写真はＡ４サイズで、各作品ごとに四枚ずつあった。「澤井さんとわたしの分はプリントしてません」

ほかに、滝沢がやきものを何点か出すと新城はいった。

購入委員会に実物が出されることもあれば写真で判断することもある。いずれも購入が決まると真贋の鑑定をし、真作と判断してから経理担当者に購入申請書を渡す規則になっている。学芸員の恣意《しい》で支払いはできないチェックシステムだろう。

二時——。河嶋以下学芸員全員が揃い、会議がはじまった。滝沢が乾山《けんざん》の『寿老図八角皿』と木米《もくべい》の『仁清写《うつし》色絵茶碗』、和全の『更紗文食籠』を各委員に見せ、乾山と木米の購入が決まった。

次に新城が『室生寺八景』の購入を提案したが、これはもめた。鈴木が小乃原寿夫の多作を理由に反対意見を述べたため、吉村は保留、賛成したのは新城と澤井、滝沢の三人だった。

これは流れか——。澤井がそう思ったとき、河嶋が発言した。この作品は価格が安い、連作八点が揃っている、小乃原寿夫の代表作として所蔵してもいいのではないか——。それで鈴木が翻意し、購入となった。

澤井と新城は灯影舎画廊へ行った。委員会の結果を伝えて連作八点を預かり、シトロエンに載せて大原野へ走る。小乃原寿夫の所定鑑定人、小乃原迪夫のアトリエは上里《かみざと》南ノ町にある。

新城はナビをセットして走った。府道七三三号、警察犬訓練所近くの信号を左折する。前方に配水池が見えた。

「あれですね。配水池のフェンスに沿って南へ行ったら、道祖神があって、そこを右に曲がれというてました」

迪夫には事前に電話をして用件を伝えてある。

道祖神の角を右折すると、突きあたりに迪夫から聞いた白いブロック塀の家があった。プレハブの二階建、新築されてからまだ間がないようだ。カーポートに旧型のクラウンが駐められていた。

玄関前で車を停めた。澤井は降りてリアハッチをあげ、絵を納めた八つの函をおろした。

エンジン音を聞きつけたのか、玄関ドアが開いて男が出てきた。澤井は一礼する。

「洛鷹美術館の澤井と申します」

「小乃原です」

迪夫も低頭した。「それが親父の？」

「『室生寺八景』です」

「久しぶりに見ますわ」

迪夫は首も袖口も伸びきったよれよれのセーターに、膝の抜けたコーデュロイのズボン、軍足に下駄を履いている。髪は薄く小肥りで、格好は気にしないようだ。

新城も車を降りて挨拶し、函を抱えて家に入った。玄関横の応接室に通される。フローリングの床に花模様の緞通。いまどき天井にシャンデリアを吊るしているのは珍しい。

「これ、お口汚しですが」

土産の和菓子を差し出した。迪夫は一瞥して、

「よめはん、出てますねん。お茶の用意はできんけど、ビールでも飲みますか」

「いえ、車ですから」

「交替で運転しはったらよろしいがな」

洒落でいったのだろうが、おもしろくもなんともない。

「さっそくですが、絵を見ていただけますか」

「はいはい、見ましょ」愛想のいい男だ。

函から絵を出した。壁に立てかけて並べる。

「ほう、ええ額ですな」

「外しましょか」シャンデリアがガラスに映り込んでいる。

「いやいや、そのままで」

迪夫は腰をかがめ、寿夫の印章が捺された和紙を手に、一点ずつ落款と印章を確かめていく。

「お父上の印章をお持ちなんですか」新城がいった。

「もちろん、持ってますよ。親父は篆刻《てんこく》もしてたから、印章はぎょうさんありますねん。それも年代によってちがう印章を捺してたからややこしい。この絵の印章は昭和五十年代に使うてたやつですわ」

「先生は、篆刻は」

「ぼくはプロに頼んでます。邦展所属の書家が彫ってくれますねん」

迪夫は八点の鑑定を終えた。両膝に手をあてて立つ。

「いかがでしたか」

「よろしいわ。まちがいない。みんな親父の作です。鑑定書、書きましょ」

「あの、鑑定料は……」

「一点三万。まとめて二十万でどうですか」

「けっこうです」

高いと思ったが、値切るわけにもいかない。所定鑑定人はひとりだけなのだ。「勝手ながら、振込にさせてください」

「それやったら口座番号が要りますな」

馴れた口調で迪夫はいい、「鑑定書、書いてきますわ」と、部屋を出ていった。

「たった七、八分で二十万か。荒稼ぎやな」

「澤井さんは頼まれて鑑定することないんですか」

「一年に一回ほどかな。一昨年は建築家の未亡人に遺品を見てくれといわれて、半日がかりで鑑定したら、礼金は五万円でしたわ」

ほんとうは十万円だった。アンリ・ベルナール作のパート・ド・ヴェールをもらったが、それは転売できずにまだ手元にある。

「礼金をもらえただけ増しですよ。わたしは知人に頼まれて岐阜の旧家に行きました」

蔵に入って五十点あまりの掛軸を見た、と新城はいう。「雪舟、宗達、等伯、抱一、探幽……。国宝、重文クラスの軸が山とありました」

「新城さんはどう鑑定したんです」

「贋作とはいえないから、分からないといったんです。そうしたら、当主が怒りましてね。分かりもしないのに礼金は払えない、とこうですよ。ガソリン代を一万円もらって帰りました」

「そらひどいな。みんな本物やというたらよかったのに。誰にも迷惑かからんのやから」

「あれで懲りました。次からは、家宝にして伝えてくださいというつもりです」

笑ってしまった。くそまじめなこの男は咄嗟《とっさ》の機転が利かないのだ。

ほどなくして迪夫がもどってきた。鑑定書八枚と振込口座のメモを受けとる。連作八点を函に入れ、アトリエをあとにした。

帰りの車中、古賀に電話をした。

──おれ。澤井。『室生寺八景』を買うた。

──そうか。そらよかった。おれも冬木さんから話は聞いてたんや。

──値段も聞いたか。

──千二百万やろ。えらい値切ったな。

──小乃原寿夫に号二十万は無理やで。

——ま、冬木さんが呑んだんやから、それでええわな。

——ひとつ教えてくれ。どこで知り合うたんや、あの画商と。

——うちの大学の公開講座や。〝絵画ビジネスの現況〟いうテーマで講演してもろた。

おれが世話役やったんや。

——へーえ、そうかい。

なぜ冬木塔子という女の画商を講師に選んだのか、古賀はいわなかった。

——近いうちに飲も。メール入れるわ。

——ああ、待ってる。

電話を切った。

「古賀さんですか」新城がいった。

「いちおう、報告ですわ」

「学友が身近にいるのはいいですね」学友という言葉を久々に聞いた。

「ひとを紹介してもろたりするのは便利です。作家とか工房とか」

「わたしは地方の大学だから、関西に学友はいないんです」

「筑波は地方やないでしょ」

新城は筑波大の出だ。芸術学専攻で日本絵画史を研究したという。

「京都は排他的やないですか」

「好きですよ、京都は。大阪は嫌いだけど」

「ぼくも嫌いですわ。ガサツで下品で民度が低い。あれは損得勘定の国ですわ」

「大阪は国ですか」

「あんなもん、日本から放逐したらよろしいねん」

つい、いいすぎたかと思ったが、新城は笑っていた。

5

八月──。洛鷹美術館で『新収蔵品展』が開催された。『室生寺八景』は第一室に展示されたが、美術誌に取りあげられることはなく、第二室の『李朝染付龍文十一寸皿』が小さな写真つきで紹介されただけだった。

初日から約十日、澤井は館長室に呼ばれた。

「なんです?」

「こんなもんが来てる」

河嶋は封筒をデスクに置いた。澤井は便箋を取り出して広げる。

《小乃原寿夫の室生寺八景はニセモノです。美術館がニセモノをかけるのはやめてほしいと思います》──ただそれだけの短い文面だった。ボールペンの字は少し震えている。

「なんや、これ。嫌がらせですか」

館長室では改まったものいいをしろといわれている。ときどき忘れるが。

「嫌がらせにしては、ニセモノです、と断定的や。それに、匿名やない」

「えっ……」

封筒の裏を見た。〝八幡市北山足立二二ノ九　田窪康平《たくぼこうへい》〟とある。

「この住所は」

「八幡市に北山足立はある」

「実在の人物ですか」

「そこまでは分からん。手紙はさっきとどいた」

表書きは美術館の住所が書かれ〝館長殿〟となっている。

「しかし、あの絵は鑑定書をもろたんですよ」

いったが、河嶋は首を振る。

「田窪という人間がほんまにおるんなら、なにが目的でこんな手紙を出したんか調べてくれ。洛鷹美術館の沽券《こけん》にかかわる」

「分かりました。調べます」

封筒と便箋を持って館長室を出た。学芸室のパソコンを起動させて、ネットの地図サイトに八幡市北山足立を打ち込む。詳細な住宅地図が出た。区画の整然とした新しい住宅地らしい。地図をプリントした。

ちょっと出ます――。滝沢にいい、キャビネットのキーをとって駐車場へ行った。カローラのライトバンに乗り、八幡市に向かった。

北山足立に着いたのは昼すぎだった。電柱のそばに車を停めて住所標示を見る。二三番地はこの付近だが。

サイドウインドーを下ろし、通りかかった老人に田窪という家を訊いた。老人は振りかえって、あれがそうや、と指をさした。

タイル様のサイディングを張りつめた、こぢんまりした家だった。植えて間がないのだろう、生垣の木が疎《まば》らで、まだ芝生の生えそろっていない庭が素通しに見える。軒下に鉢植の花が十数鉢、カーポートの車はシルバーのミニバンだ。原付バイクと自転車もある。

カーポートの前にカローラを駐め、澤井は降りた。インターホンのボタンを押す。

――はい、田窪です。

幼い子供の声だった。

――こんにちは。田窪康平さんはいますか。

――いません。

——お出かけですか。

返事がない。ママ、と呼びかける声が聞こえた。

——代わりました。どちらさまでしょうか。

——嵐山の洛鷹美術館の澤井と申します。今朝、田窪康平さんから手紙をいただきまして、ご挨拶にあがりました。

——洛鷹美術館……。おとうさんが手紙を？

——ご存じないんですか。

——いえ、なんとなく分かります。お待ちください。

玄関ドアが開き、小柄な女性が出てきた。黒のニットにジーンズ、男の子の手をひいている。

「おとうさんは犬の散歩です。もうすぐ帰ってくると思います」

「車、邪魔になりませんか」

「かまいません。うちの車は出しませんから」

女性は男の子の頭をなでながら、「おとうさんの手紙、どんな内容でした」

答えるかどうか迷ったが、澤井は思い切っていった。

「いま洛鷹美術館に小乃原寿夫の『室生寺八景』という日本画を展示してるんですが、それは偽物です、という内容でした」

「やっぱり……」女性は小さくうなずいた。

「心あたりがあるんですか」

「先週の水曜日やったか、おとうさん、洛鷹美術館に行ったんです」

康平は家にもどるなり、『室生寺八景』は偽物や、といった。息子の康彦《やすひこ》が理由を訊くと、絵具がちがう、と康平はいい、知らせるべきかどうか迷ったようすだった——。

「そんなもん、いちいち知らせることはない、美術館も迷惑やと、主人はとめたんです。そのときはおとうさん、黙って聞いてたんですけど……」

「あの、絵具がちがうといわれたのは、どういう意味ですか」

「詳しいことは分かりませんけど、おとうさんは岩絵具の職人でした」

「職人……。岩絵具を作ってはったんですか」

「天然の鉱物とかを粉にして絵具屋さんに納めてました」

康平は南区東九条の自宅で仕事をしていたが、三年前に妻を亡くし、康彦の勧めでこの家に越してきた。週に三日は外出して寺社巡りや美術館巡りをし、夕食時に帰ってくる。職人らしく無口で孫に優しい手のかからないひとだと女性はいった。

「康平さん、おいくつですか」

「今年、喜寿です」

七十四歳まで岩絵具の製造職人をしていたらしい。

「失礼ですが、東九条のお家は」

「売りました。一階が作業場の古い家でした」

康平は息子夫婦に毎月、生活費を入れているのだろう。

男の子が澤井の脇をすり抜けて道路に出た。おじいちゃん、と手を振る。

「帰ってきました。おとうさん」

トイプードルのリードをひいた白髪の男がこちらに歩いてくる。

カーポートのそばで田窪康平と話をした。

「なんで手紙を出したんか……。あの絵は色がちがうんや。わしはそのことがいいたかった」

ぽつりぽつり、康平はいう。「あんた、紫金末《しきんまつ》いう絵具知ってるかな」

「いいえ、あいにく……」

「朱とか辰砂《しんしや》は」

「知ってます。天然の岩絵具です」

「その材料は」

「水銀ですよね」

「そう。水銀と硫黄の化合物、つまり硫化水銀が朱と辰砂になるわけや」

田窪は独りごちるように、「朱は鮮やかな朱色やけど、炙《あぶ》っていったら彩度と明度が落ちて色に渋みが出る。その絵具を古代朱というて、赤から赤紫、黒までいろんな段階がある。……紫金末いうのは古代朱に純金の粉を混ぜた絵具で、ちょっと見には地味な赤紫なんやけど、近くに寄ったら色味が深《ふこ》うて、それはきれいな絵具や」

「紫金末……。『室生寺八景』に使われてるんですか」

「お堂とか紅葉の色やな」

田窪はうなずいて、「小乃原先生はわしの紫金末を使《つこ》うてはったんや」

紫金末は作る職人によってベースとなる古代朱の色がちがう。どこまで赤紫の色目を残すか、どれくらい金粉を混ぜるかが職人の個性であり、自分の作った紫金末は一目でそれと分かる、といった。

「すると、洛鷹美術館に掛かってる『室生寺八景』は……」

「あれは偽物や。小乃原先生が描いた『室生寺八景』やない」

「なんで、そう言い切れるんですか」

「わしは四十七のときに紫金末を作るのをやめた。よめはんの具合がわるなったからや」

朱を加熱すると、水銀蒸気が発生する。田窪の妻は作業場でいっしょに仕事をしており、急性腎炎を発症して入院した。「医者はよめはんの病気と水銀中毒は関係ないというたけど、わしは信じてへん。朱も辰砂も古代朱も、いっさい作るのをやめた」

「田窪さんの紫金末は三十年前になくなったんですね」

「せやさかい、おかしいんや。小乃原先生が『室生寺八景』を描いてはったんは昭和五十年から六十年やのに、あんたとこの美術館に掛かってる絵はわしの紫金末を使うてへん」

「………」

　田窪の言葉に嘘は感じられなかった。「小乃原寿夫は田窪さんの紫金末が手に入らんようになったあと、『室生寺八景』を描いてないんですか」

「紫金末をやめるとき、小乃原先生に頼まれて二十両ほどのストックを渡した。先生はその絵具で二、三年、描きつづけはったけど、それで終わりやった。『室生寺八景』そのものが世間に厭《あ》きられたせいもあるんやろな」

「小乃原寿夫とは面識があったんですか」

「あるもないも、わしは先生の家に古代朱や紫金末をとどけてた。職人のわしを画室に入れてくれて、描いてる途中の絵も見せてくれはった。わしが紫金末をやめるというたら、えらい残念がってはったけど、よめはんのことを聞いて納得してくれはった。大酒飲みで女好きやったけど、わしにはひとつもえらぶったとこのない、ええ先生やった」

　田窪の話を反芻した。紫金末の製造中止が昭和五十八年。小乃原寿夫が田窪の紫金末を使ったのが昭和六十年ごろまで。所定鑑定人の小乃原迪夫も『室生寺八景』に捺された印章を昭和五十年代のものだといったのだが──。

「田窪さんは、洛鷹美術館の『室生寺八景』に塗られてる紫金末がいつごろ製造されたものか分かりますか」

「あんた、無茶なこというたらあかんわ。そんなもん分かるわけがない。……けど、わしはあの絵の紫金末がちがうというのははっきり分かる。絶対にまちがいない」

「そうですか……」

これだけ断定されると、なにもいいようがない。「田窪さんはどうしろといわれるんですか。『室生寺八景』を」

「美術館に掛けるのをやめてほしいだけや。小乃原先生に世話になった職人としてな」

「あの作品は鑑定書をもろたんです」

「鑑定書？」

「小乃原迪夫。息子です」

「そういや、息子さんも絵描きやったな」

「邦展会員です」

「売れてるんかいな」

「いえ、あんまり……」

「そらしゃあない。鑑定人が鑑定書を書かんかったら金にならんのやさかいな」

「まさか、それはないと思いますけどね」

「せやけど、わしはあんたが来てくれたんがうれしい。年寄りのいいたいことをちゃんと聞いてくれた。おおきに。すんませんでしたな」田窪はあらたまって頭をさげた。

「『室生寺八景』については、ぼくなりに調べてみます。ありがとうございました」

澤井も低頭し、カローラのドアを開けた。

6

美術館に帰って河嶋に報告した。ほかの『室生寺八景』と照合しろ、と河嶋はいう。

澤井は学芸室から『大谷記念文華館』に電話をし、学芸員の塩野《しおの》につないでもらった。

——洛鷹美術館の澤井です。

——ああ、澤井さん。お元気ですか。

——折入って頼みがあるんですけど、いいですか。

——なんでしょう。

——塩野さんとこ、小乃原寿夫の『室生寺八景』がありますよね。

——ありますよ。収蔵庫に。

連作八点がそろっているという。

――それ、見せてもらえませんかね。

――かまわんですよ。いつです。

――今日の夕方なんですけど。

――はい、来てください。何時ごろ?

――五時はどうですか。

――ええ。待ってます。

旧財閥系の美術館らしく、鷹揚な対応だった。


午後四時――。展示中の八点のうち、紅葉を描いた二点を外して函に入れ、カローラに積んで衣笠へ走った。大谷記念文華館は金閣寺の南、衣笠総門町にある。

函を抱えて館内に入り、受付の女性に名刺を渡すと、ほどなくして塩野が現れた。ダークスーツにネクタイを締めている。澤井は半袖のワイシャツにウールのベストだが。

「それは?」函をみとめて塩野は訊いた。

「うちが買うた『室生寺八景』です」

田窪のことは伏せて真贋を確かめたいといった。塩野はうなずいて、収蔵庫へ行きましょうといった。

ロビー奥のエレベーターで三階にあがった。塩野はデジタル錠にカードをとおしてスチールドアを開ける。収蔵庫は天井が高く、ひんやりしていた。

塩野はリモコンを操作した。モーター音がして高架棚がスライドする。《室生寺八景》と毛筆で書かれた八つの函をテーブルに置き、一点ずつ絵を出していった。

澤井も二点の絵を出して、紅葉の色を見比べた。文華館の紅葉は赤紫が沈み、洛鷹美術館の紅葉は赤紫が微妙に浅い。

「色目がちがいますね」

「確かに……」

同じ紅葉を描いていながら、受ける印象がちがうのだ。技術的にはどちらが巧いともいえないが。

印章と落款を比較した。印章は同一で、落款もほとんど同じだ。

「これはどういうことですかね」思わずいった。

「使った岩絵具がちがうんでしょう」

「ああ、そうか……」

「どちらも本物ですよ」

疑うふうもなく、塩野はいった。「鑑定書もあるんでしょ」

「ええ、もちろん」

「小乃原寿夫は二年前に死んだんやし、偽物が出まわるのは早すぎますわ」

そう、作家の生存中に偽物が描かれることはあまりない。作家本人が真贋を鑑定できるのだから。

「急なお願いしてすみませんでした。これで安心しました」

「澤井さんが担当して『室生寺八景』を購入されたんですか」

「いえ、担当は新城です」

「新城さんは手堅い。論文もしっかり検証したものを書かれる」

「新城にいうときます。よろこびますわ」

笑ってみせた。この絵はあかん——と思いながら。

洛鷹美術館にもどり、館長室に入った。どうやった、と河嶋が訊く。澤井は首を振った。

「色がちがいます。ふたつを並べて、よう分かった」

「贋作か」

「贋作です」

「どういうことや」

「車ん中で考えたんやけど、あれは小乃原迪夫が描いたんですわ」

「所定鑑定人が贋作を？」

「迪夫は寿夫のシルク原版を持ってる。シルクスクリーンで下絵を刷って、絵具を塗って『室生寺八景』を仕上げた。落款を似せて、本物の印章を捺したんです」

迪夫の絵は売れない。だから売れる絵を作った。多作の『室生寺八景』なら構図がちがっていても怪しまれず、自分が所定鑑定人だから真作と鑑定できるし、鑑定料も稼げる——。「迪夫は寿夫が死ぬのを待って、贋作に手を染めた。同じ日本画を描きながら、自分の作品は号五万円でも売れず、父親の作品は号二十万で売れる。迪夫は絵描きの魂を金に替えたんです」

「冬木はどうなんや。共犯か」

「まちがいない。共犯です」

どちらが主犯なのかは分からない。迪夫が贋作を描き、冬木が売れ口を探し、迪夫が鑑定をする。よくできたカラクリだ。それで洛鷹美術館も騙された。

「灯影舎画廊に買いもどし請求は」

「できへん。そんな恥さらしは」河嶋は舌打ちする。

「しかし、贋作と分かってて展示はできんでしょ」

「誰が贋作と決めたんや。絵具職人がごたごたいうてるだけやろ」

「…………」

「田窪とかいうたな。齢はいくつや」

「七十六かな」

「年寄りの世迷い言や。相手にするな」

田窪に会えというたんはあんたやないか――。口には出さない。

「この収蔵品展が終わるまで『室生寺八景』は外さへん。田窪がまたなんかいうてきたら、適当にあしらえ」

「頰かむりですか……」

「うん？　なにいうた」

「なんでもない」

館長室を出た。

そうして半年――。冬木塔子が出産したと風の噂に聞いた。子供の父親が誰か、詮索する声もあったが、冬木が明かすはずもない。灯影舎画廊は梁山堂の預かりになったという。

河嶋は土曜日、飲みに出なくなった。たまに出ても朝帰りはしない。甥っこ、捨てられたのだろう。

澤井は最近、新城と飲むことが多い。新城は男にも女にも興味がなく、ただ純粋に書画が好きな人物だと知った。

※作中に登場する人物、団体等はすべてフィクションです。

※左記の文献を参照しました。
『浮世絵の鑑賞基礎知識』小林忠　大久保純一／至文堂
『浮世絵の歴史』監修・小林忠／美術出版社
『日本刀　日本の技と美と魂』小笠原信夫／文春新書
『日本刀辞典』得能一男／光芸出版
『東洋陶磁の展開』大阪市立東洋陶磁美術館編／大阪市美術振興協会

※本作品を書くにあたり、左記の方々に多大のご指導をいただきました。改めてお礼を申しあげます。
パート・ド・ヴェール作家　石田征希
元東京国立博物館刀剣室長　小笠原信夫
古美術商　中村清治

解説

柴田よしき

わたしはバイリンガルである。

うわ、イタイ奴、いきなりの自慢かよ、と思われた方、すみません。自慢です。でもわたしが使いこなせる二つの言葉は、日本語と英語でもないし英語とフランス語でもない。

わたしは、東京弁と関西弁を瞬時に使い分けることができるのだ。話している相手が標準語を使っていれば東京弁になり（標準語は使えません）、関西のイントネーションが少しでも聞えてくれれば関西弁になる（ただし、いろんな地域が混ざった関西弁です）。

二十六年間東京の下町で育ったあとで、十八年間京都や滋賀で暮した。そして関東に戻ったのだが、同居している家族は関西人。夫はばりばりの神戸弁を話し、息子は保育園の保育士さん仕込みの京都弁を話す。従って家庭内の共通語は関西弁。神戸＋京都のミックスだけど。でも一歩マンションの部屋から出ればここは関東。ご近所さんとの挨拶だって関東言葉である。

いつだったか、まだ京都で暮していた頃、打ち合わせに来てくれた担当編集者とタクシーに乗った。それまでずーっと普通に東京言葉で喋っていたわたしが、タクシーの運転手さんに行き先を告げた時豹変して関西弁になった。担当さんはものすごくびっくりした。そのくらい、瞬時に切り替えられる。だから自慢なのである。ただし、特に何かの役に立つというわけでもないけれど。

前書きが長くなりました。

そんなわけで、関西弁が好きだ。でも東京の人達がイメージするような、お笑いで使われているタイプの関西弁はちょっと苦手。笑いをとろうとする為なのか、あれはかなりきつい。喧嘩腰に聞えるし、音も強くリズムが悪い。実際に関西で暮していると、日常的に使われている関西弁はとても音楽的だとわかる。耳に心地よく響き、心に優しい気がする。だから自分の作品でもそういう関西弁を書きたいと苦労するのだけれど、うまくいかない。音楽的な言葉はえてして、文字にしてしまうとその魅力をほとんど失ってしまう。

ところが、である。黒川さんの作品に使われている関西弁は、奇跡のように楽しいのだ。時にロック、時にジャズ、また時にムード歌謡のように多彩な音楽性を帯び、なんでもない会話が驚くほど活き活きと目から脳に達してリズムとメロディを持つ。

その心地よい文字の配列に酔いながら読んでいくと、脳裏に立ち現れて来るのは大阪の街。黒川作品は大阪を、神戸を、奈良を、関西を、こと細かにくっきりと描き出す。読み進むにつれて実在する町名、道路、建物が次々とめまぐるしく視界を流れ、登場人物たちと共に関西を駆け巡らされることになる。

これがなんとも気持ちいい読書体験なのである。描かれるテーマは気持ちいいどころではない、ブラックな現代日本の現実そのもの。ヤクザのシノギは産廃問題、建設業界と裏社会の癒着、宗教団体の脱税やら黒い金の流れやら、映画製作にまつわる黒い現実、そして老人を狙った財産強奪目的の黒い結婚。どれもこれもえげつなくて情けなくて、不細工で嘔吐をもよおすような「人間の本性」がどろどろと渦巻く有様だ。凡庸な手による普通の小説で読まされたら、もうええわ、と本を閉じたくなってしまうような。

ところが黒川さんの手にかかり、関西弁と関西の街の活写にのせて黒川節で語られると、そうしたどろどろの世界までもがどこか憎めない、哀しい、あるいは愛しさまで感じてしまう物語に変わる。黒川さんの容赦ない批判精神と現実直視力が、どろどろで真っ黒な人間社会のその奥に流れる、人として生きることの哀しさ、情けなさをすくいあげ、救いがないはずの物語に、クスッと笑ってしまうようなかすかな希望を見せてくれるのだ。大阪の街と大阪弁の持つ温かさ、猥雑でありながらプライド高い人々の「生きようとする姿」によって、まあしゃーない、なんとかなるで、明日はまた来るんやから、と、本を閉じたあとで少し元気になってしまうのだ。

まったく不思議な作風である。そしてなんとも魅力的な文学である。

本書ではやはり、人間の本性、欲がどろどろぐちょぐちょと渦巻く世界、骨董と古美術の世界が舞台となっている。

そもそも素人の知識でも魑魅魍魎がうようよ徘徊しているだろうなと思われる世界だが、本書はその魑魅魍魎を、彼らの手口も含めて暴き出す。知識のないわたしにとっては、作品ごとに惜しみなく描かれる「やつらの手口」がとにかく面白くてページをめくる手が止まらなかった。ガラスのレリーフ、刀剣、浮世絵。騙す為に駆使される贋作テクニックの数々。田舎の蔵を開けさせて骨董品を騙し盗る手口や、百戦錬磨のコレクターや鑑定家との丁々発止。いやいや、なんという世界だろう。まるで、騙し騙されること自体がゲームとして成立していて、参加者たちはそれそのものを楽しんでいるかのようである。だが彼らは遊んでいるのではない、命がけで食い扶持を稼ごうとしているのだ。動くお金は時に巨額、時にせこいけれど、詐欺師たちはいつも真剣だ。そして詐欺師のカモになる側だって、いつも大真面目なのである。

美しいものを自分のものにしたい。その欲求はとてもプリミティブなものに違いない。おそらく太古の昔から、人は食べ物としてだけではなく、目で愛でる為に花を摘んだはずだ。最初に人間が、きれいだから欲しい、という欲望に従って花の茎を手折ったその瞬間。それは人間が他の生き物たちと決定的に分かれた瞬間だったろう。そうして人は、芸術を手に入れた。それによって人は、心を無限に豊かにすることが出来るようになった。

そして時が経ち、人は芸術を金に換える方法を知った。芸術は生活の術になり得るものとなり、やがて、生きる為に美しいものを奪い合い、美しいものが生み出す金を奪い合う人間が誕生した。

そうしてみれば、彼らはただの詐欺師ではない。彼らは結局のところ、美しいもの、から離れて生きられないのである。他にいくらだって食べていく道はあったはずなのに、いつの間にやら美術品の沼に沈み、そこから出ようとはしない。

美術、骨董品をとりまく魑魅魍魎たちもまた、哀れな芸術の奴隷なのだ。

そんな哀れな人々の滑稽な騙し合いが、音楽的な文字配列の関西弁にのって華麗に展開する。なんという贅沢、なんという悦楽。黒川ワールド中毒のわたしにとっては、まさに極上の読書体験であった。

本当に、黒川さんは出し惜しみしない。本書に収められた作品ひとつずつのネタ一個で充分長編が書けるところを、端正に短編に収めてしまって涼しい顔である。わたしのように、いつもネタに困って右往左往してばかりいる駄目作家からみると、激しく嫉妬してしまうほどの才能である。

でも最近は、黒川作品を読んでも嫉妬は感じなくなりました。だって才能が違い過ぎるんだもん。しょせん勝負していただける相手ではなし。ならば潔く、愛読者になりきってしまうしかないのです。

そう、わたしは今、いや今後もずーっと、黒川作品の熱烈な愛読者です。次の本が出るのを毎日待っています。疫病神の連載、いつ本になるのかな。まだですか？　振り込め詐欺の物語も続編ありませんか？　情けない美術の先生のお話は？　大阪府警のシリーズはどないなりました？

まだですか、まだですか、まだですか？

ふふふ。

解説のふりをして、迷惑なファンレターになってしまいました。鬱陶しいでしょ？でも黒川作品ファンの皆さんはみんなこんな気持ちでいるはずです。ふふふ、どんなに鬱陶しくても、逃げられませんよ、黒川さん。

だって、あんまり面白いんですもん。

本書で初めて黒川作品と出逢った方が本当に羨ましい。これからたっぷりと黒川ワールドが堪能できるなんて。これから疫病神シリーズや美術骨董シリーズを最初から読めるなんて！

どうかゆっくりと楽しんでください。

そうそう、黒川ワールドには関西が舞台ではないシリーズもありますし、エッセイもとても面白いんです。どれもこれも一級品です。楽しいですよ。ああ、羨ましい。わたしも今年二度目の黒川作品再読週間に突入します。

追記　光栄にも黒川さんから文庫解説を、とのお話があった時、ちょうど、藤原伊織さんの作品を読み返しておりました。遠い昔、銀座のバーで、黒川さんと藤原さんが飲んでいらっしゃるお席に少しだけお邪魔したことがありました。あの時の伊織さんの明るい笑顔と、それに応じていらっしゃった黒川さんのおだやかな笑い顔、心の中のアルバムに、大切な一枚として貼らせていただいております。

（作家）

初出誌　「オール讀物」

「唐獅子硝子」　二〇一一年一月号

「離れ折紙」　二〇一一年四月号

「雨後の筍」　二〇一一年七月号

「不二万丈」　二〇一一年十一月号

「老松ぼっくり」　二〇一二年三月号

「紫金末」　二〇一二年六月号

単行本　二〇一三年八月　文藝春秋刊

文春文庫

離《はな》れ折《おり》紙《がみ》

定価はカバーに表示してあります

2015年11月10日　第1刷
2024年4月5日　第2刷

著　者　黒《くろ》川《かわ》博《ひろ》行《ゆき》

発行者　大沼貴之
発行所　株式会社　文藝春秋

東京都千代田区紀尾井町 3-23　〒102-8008
TEL　03・3265・1211(代)
文藝春秋ホームページ　http://www.bunshun.co.jp

落丁、乱丁本は、お手数ですが小社製作部宛お送り下さい。送料小社負担でお取替致します。

印刷製本・TOPPAN

Printed in Japan
ISBN978-4-16-790483-8

黒川博行
封印
大阪中のヤクザが政治家をも巻き込んで探している〝物〟とは何なのか。事件に巻き込まれた元ボクサーの釘師・酒井は、恩人の失踪を機に立ち上がった。長篇ハードボイルド。（酒井弘樹）
く-9-4

黒川博行
カウント・プラン
物を数えずにいられない計算症に、色彩フェチ……その執着が妄念に変わる時、事件は起こる。変わった性癖の人々に現代を映す異色のミステリ五篇。日本推理作家協会賞受賞。（東野圭吾）
く-9-5

黒川博行
文福茶釜
剝いだ墨画を売りつける「山居静観」、贋物はなんと入札目録「宗林寂秋」、マンガ世界の贋作師を描く表題作「文福茶釜」など全五篇。古美術界震撼のミステリー誕生！（落合健二）
く-9-6

黒川博行
迅雷
「極道は身代金とるには最高の獲物やで」。大胆不敵な発想でヤクザの幹部を誘拐した三人組。大阪を舞台に、人質奪還を試みるヤクザたちとの追いつ追われつが展開する。（牧村　泉）
く-9-7

黒川博行
国境（上下）
「疫病神コンビ」こと二宮と桑原は、詐欺師を追って北朝鮮に潜入する。だがそこで待っていたものは……。ふたりは本当の黒幕に辿り着けるのか？　圧倒的スケールの傑作！（藤原伊織）
く-9-10

黒川博行
後妻業
結婚した老齢の相手との死別を繰り返す女・小夜子と、結婚相談所の柏木につきまとう黒い疑惑。高齢の資産家男性を狙う〝後妻業〟を描き、世間を震撼させた超問題作！（白幡光明）
く-9-13

黒川博行
泥濘《ぬかるみ》
歯科医院による診療報酬不正受給事件で、大阪府警ＯＢらが逮捕された。極道の桑原はシノギになると睨み、建設コンサルタントの二宮を連れ「白姚会」組事務所を訪ねる。（小橋めぐみ）
く-9-14

（　）内は解説者。品切の節はご容赦下さい。

今野 敏
白夜街道
外務官僚が、ロシア貿易商と密談後に変死した。警視庁公安部の倉島警部補は、元KGBの殺し屋で貿易商のボディーガードとなったヴィクトルを追ってロシアへ飛ぶ。緊迫の追跡劇。
こ-32-2

近藤史恵
インフルエンス
友梨、里子、真帆。大阪郊外の巨大団地に住む三人の少女は不可解な殺人事件で繋がり、罪を密かに重ね合う。三十年後明らかになる驚愕の真相とは。現代に響く傑作ミステリ。（内澤旬子）
こ-34-6

笹本稜平
時の渚
探偵の茜沢は死期迫る老人から、昔生き別れになった息子を捜し出すよう依頼される。やがて明らかになる「血」の因縁と意外な結末。第18回サントリーミステリー大賞受賞作品。（日下三蔵）
さ-41-1

佐々木 譲
廃墟に乞う
道警の敏腕刑事だった仙道は、ある事件をきっかけに休職中。だが、心身ともに回復途上の仙道には、次々とやっかいな相談事が舞い込んでくる。第百四十二回直木賞受賞作。（佳多山大地）
さ-43-5

佐々木 譲
地層捜査
時効撤廃を受けて設立された「特命捜査対策室」。たった一人の専従捜査員・水戸部は退職刑事を相棒に未解決事件の深層へ切り込む。警察小説の巨匠の新シリーズ開幕。（川本三郎）
さ-43-6

真保裕一
こちら横浜市港湾局みなと振興課です
山下公園、氷川丸や象の鼻パーク、コスモワールドの観覧車、外国人居留地――歴史的名所に隠された謎を解き明かせ。港町・横浜ならではの、出会いと別れの物語。（細谷正充）
し-35-9

真保裕一
おまえの罪を自白しろ
衆議院議員の宇田清治郎の孫娘が誘拐された。犯人の要求は「記者会見を開き、罪を自白しろ」。犯人の動機とは一体？　圧倒的なリアリティで迫る誘拐サスペンス。（新保博久）
し-35-10

（　）内は解説者。品切の節はご容赦下さい。

雫井脩介
検察側の罪人（上下）
老夫婦刺殺事件の容疑者の中に、時効事件の重要参考人が。今度こそ罪を償わせると執念を燃やすベテラン検事・最上だが、後輩の沖野はその強引な捜査方針に疑問を抱く。（青木千恵）
し-60-1

塩田武士
雪の香り
十二年前に失踪した恋人が私の前に現れた。だが彼女には何か大きな秘密があるらしい。彼女が隠す「罪」とは。『罪の声』著者が京都の四季を背景に描く純愛ミステリー。（尾関高文）
し-63-1

高村　薫
地を這う虫
――人生の大きさは悔しさの大きさで計るんだ。夜警、サラ金とりたて業、代議士のお抱え運転手……。栄光とは無縁に生きる男たちの敗れざるブルース。「愁訴の花」「父が来た道」等四篇。
た-39-1

高嶋哲夫
イントゥルーダー
真夜中の侵入者
その存在さえ知らなかった息子が瀕死の重傷。天才プログラマーの息子は原発建設に絡むハイテク犯罪に巻き込まれていたのか？　サントリーミステリー大賞・読者賞ダブル受賞の傑作！
た-50-10

高野和明
13階段
前科持ち青年・三上は、刑務官・南郷と記憶の無い死刑囚の冤罪をはらす調査をするが、処刑まで時間はわずか。無実の命を救えるか？　江戸川乱歩賞受賞の傑作ミステリー。（友清　哲）
た-65-2

大門剛明
鑑識課警察犬係
闇夜に吠ゆ
鑑識課警察犬係に配属された岡本都花沙はベテラン警察犬アクセル号と組むことに。元警察官の凄腕ハンドラー・野見山俊二の手も借り、高齢者の失踪、ひき逃げ事件などの捜査に奔走する。
た-111-1

知念実希人
レフトハンド・ブラザーフッド（上下）
左腕に亡き兄・海斗の人格が宿った高校生・岳士は殺人事件に巻き込まれ、容疑者として追われるはめに。海斗の助言で、真犯人を見つけるため危険ドラッグの密売組織に潜入するが。
ち-11-1

知念実希人
十字架のカルテ
精神鑑定の第一人者・影山司に導かれ、事件の容疑者たちの心の闇に迫る新人医師の弓削凛。彼女にはどうしても精神鑑定医になりたい事情があった——。医療ミステリーの新境地！

ち-11-3

辻村深月
太陽の坐る場所
高校卒業から十年。有名女優になった元同級生キョウコを同窓会に呼ぼうと画策する男女六人。だが彼女に近づく程に思春期の痛みと挫折が甦り……。注目の著者の傑作長編。（宮下奈都）
つ-18-1

辻村深月
水底フェスタ
彼女は復讐のために村に帰って来た——過疎の村に帰郷した女優・由貴美。彼女との恋に溺れた少年は彼女の企みに引きずり込まれる。待ち受ける破滅を予感しながら…。（千街晶之）
つ-18-2

辻村深月・乾 くるみ・米澤穂信
芦沢 央・大山誠一郎・有栖川有栖
神様の罠
ミステリー界をリードする六人の作家による、珠玉の「罠」。最愛のひととの別れ、過去がふいに招く破綻、思いがけず露呈するほころび、知的遊戯の結実、コロナ禍でくるった日常……。

つ-18-50

月村了衛
ガンルージュ
韓国特殊部隊に息子を拉致された元公安のシングルマザー・律子。息子を奪還すべく、律子は元ロックシンガーの女性体育教師・美晴とともに、決死の追撃を開始する。（大矢博子）
つ-22-2

堂場瞬一
アナザーフェイス
家庭の事情で、捜査一課から閑職へ移り二年が経過した大友だが、誘拐事件が発生。元上司の福原は強引に捜査本部に彼を投入する……。最も刑事らしくない男の活躍を描く警察小説。

と-24-1

堂場瞬一
ラストライン
定年まで十年の岩倉剛は捜査一課から異動した南大田署で独居老人の殺人事件に遭遇。さらに新聞記者の自殺も発覚し——。行く先々で事件を呼ぶベテラン刑事の新たな警察小説が始動！

と-24-14

（　）内は解説者。品切の節はご容赦下さい。

偽りの捜査線　警察小説アンソロジー
誉田哲也・大門剛明・堂場瞬一・鳴神響一
長岡弘樹・沢村　鐵・今野　敏

刑事、公安、交番、警察犬……。あの人気シリーズのスピンオフや、文庫オリジナル最新作まで。警察小説界をリードする7人の作家が集結。文庫オリジナルで贈る、豪華すぎる一冊。

と-24-70

最後の相棒　歌舞伎町麻薬捜査
永瀬隼介

伝説のカリスマ捜査官・桜井に導かれ、新米刑事・高木は新宿歌舞伎町を舞台にした命がけの麻薬捜査にのめり込んでいく。予想外の展開で読者を翻弄する異形の警察小説。　（村上貴史）

な-48-6

静おばあちゃんにおまかせ
中山七里

警視庁の新米刑事・葛城は女子大生・円に難事件解決のヒントをもらう。円のブレーンは元裁判官の静おばあちゃん。イッキ読み必至の暮らし系社会派ミステリー。　（佳多山大地）

な-71-1

静おばあちゃんと要介護探偵
中山七里

静の女学校時代の同級生が密室で死亡。事故か、自殺か、他殺か？　元判事で現役捜査陣の信頼も篤い静と、経済界のドン・玄太郎の〝迷〟コンビが五つの難事件に挑む！　（瀧井朝世）

な-71-4

119
長岡弘樹

消防司令の今垣は川べりを歩くある女性と出会って……（「石を拾う女」）。他、人を救うことはできるのか――短篇の名手が贈る、和佐見市消防署消防官たちの9つの物語。　（西上心太）

な-84-1

鎌倉署・小笠原亜澄の事件簿　稲村ヶ崎の落日
鳴神響一

鎌倉山にある豪邸で文豪の死体が発見された。捜査一課の吉川は、鎌倉署の小笠原亜澄とコンビを組まされ捜査にあたるが……。謎の死と消えた原稿、凸凹コンビは無事に解決できるのか？

な-86-1

山が見ていた
新田次郎

夫を山へ行かせたくない妻が登山靴を隠す。その恐ろしい結末とは。少年をひき逃げした男が山へ向かうと。切れ味鋭く人間の業を抉る初期傑作ミステリー短篇集。新装版。　（武蔵野次郎）

に-1-46

西村京太郎
「ななつ星」極秘作戦
十津川警部シリーズ

太平洋戦争末期、幻の日中和平工作。歴史の真相を探ろうと豪華クルーズ列車「ななつ星」に集った当事者の子孫や歴史学者らに、魔の手が迫る。絶体絶命の危機に十津川警部が奔る！

に-3-52

西澤保彦
黄金色《きんいろ》の祈り

他人の目を気にし、人をうらやみ、成功することばかり考えている「僕」は、人生の一発逆転を狙って作家になるが……。作者の実人生を思わせる、異色の青春ミステリー小説。（小野不由美）

に-13-1

似鳥《にたどり》　鶏《けい》
午後からはワニ日和

「怪盗ソロモン」の貼り紙と共にイリエワニ、続いてミニブタが盗まれた。飼育員の僕は獣医の鴇《とき》先生と事件解決に乗り出す。個性豊かなメンバーが活躍するキュートな動物園ミステリー。

に-19-1

似鳥　鶏
ダチョウは軽車両に該当します

ダチョウと焼死体がつながる？　――楓ヶ丘動物園の飼育員「桃くん」と変態（？）「服部くん」、アイドル飼育員「七森さん」、そしてツンデレ女王の「鴇先生」たちが解決に乗り出す。

に-19-2

貫井徳郎
追憶のかけら

失意の只中にある松嶋は、物故作家の未発表手記を入手するが、彼の行く手には得体の知れない悪意が横たわっていた。二転三転する物語の結末は？　著者渾身の傑作巨篇。（池上冬樹）

ぬ-1-2

貫井徳郎
夜想

事故で妻子を亡くした雪藤が出会った女性・遙。彼女は、人の心に安らぎを与える能力を持っていた。名作『慟哭』の著者が、「新興宗教」というテーマに再び挑む傑作長篇。（北上次郎）

ぬ-1-3

貫井徳郎
空白の叫び
（全三冊）

外界へ違和感を抱く少年達の心の叫びは、どこへ向かうのか。殺人を犯した中学生たちの姿を描き、少年犯罪に正面から取り組んだ、驚愕と衝撃のミステリー巨篇。（羽住典子・友清　哲）

ぬ-1-4